FOLIO JUNIOR

Sophie Rostopchine, **comtesse de Ségur,** est née à Saint-Pétersbourg en Russie, en 1799. Elle passe son enfance dans la vaste propriété de Woronowo, près de Moscou. Petite fille turbulente, « Sophaletta » est souvent punie par ses parents. En 1817, après la disgrâce de son père, général et gouverneur de Moscou, elle se rend à Paris avec sa famille. Deux ans après, elle épouse le comte Eugène de Ségur et achète la propriété des Nouettes, dans l'Orne, où elle va passer une grande partie de sa vie.

Pour ses petites-filles Madeleine et Camille, parties vivre à Londres où leur père a été nommé ambassadeur, elle écrit les histoires qu'elle avait pris l'habitude de leur raconter. Ainsi naissent les *Nouveaux Contes de fées* illustrés par Gustave Doré, puis les *Mémoires d'un âne* et la trilogie *Les Malheurs de Sophie* (inspirés de son enfance), *Les Petites Filles modèles* et *Les Vacances*. Le succès est immédiat. Aujourd'hui encore, ses livres font le tour du monde.

Cette grande conteuse a su renouveler le ton des récits pour l'enfance de son temps, qui étaient souvent difficiles à lire et larmoyants. Dans ses ouvrages, le rythme est vif et gai, les phrases sont claires, les personnages fantasques même si leurs extravagances sont toujours tempérées par une morale pesante qui nous semble, aujourd'hui, un peu désuète.

La comtesse de Ségur a vécu la fin de sa vie à Paris, où elle est morte en 1874.

Danièle Bour a illustré la couverture des *Malheurs de Sophie.* Née le 16 août 1939 à Chaumont, en Haute-Marne, elle vit aujourd'hui dans un tout petit village de Lorraine entouré de champs et d'immenses forêts.

Sa passion pour le dessin est née en dessinant des Mickey... Quelques années plus tard, la voici aux beaux-arts de Nancy. En 1972, elle part pour Francfort où se déroule chaque année la Foire internationale du livre et présente ses dessins à des éditeurs. Parmi eux, Quist Vidal, conquis, lui commande son premier livre : *Au fil des jours s'en vont les jours*. Dès lors elle se consacre à l'illustration de livres et de magazines pour enfants. C'est pour *Pomme d'Api* qu'elle crée le personnage qui va la rendre célèbre : Petit Ours brun. Ce petit héros est si apprécié des jeunes lecteurs que la maison de Danièle Bour est devenue le siège d'une véritable « oursinade » à laquelle participent ses enfants Céline, Laure et Martin, tous trois dessinateurs. Malgré tout, elle trouve encore le temps d'illustrer des romans, des contes, des poésies, et de jardiner, sa deuxième passion. A moins qu'elle ne parte à la recherche d'un joli arrosoir pour compléter sa collection !

ISBN : 2-07-051424-2
Loi n° 49-956 du 16 juillet 1949
sur les publications destinées à la jeunesse
© Éditions Gallimard, 1977
© Éditions Gallimard, Jeunesse, 1988, pour le supplément
© Éditions Gallimard Jeunesse, 1997, pour la présente édition
Dépôt légal : novembre 2001
1er dépôt légal dans la même collection : octobre 1988
N° d'édition : 06659 - N° d'impression : 57462
Imprimé en France sur les presses de la Société Nouvelle Firmin-Didot

Comtesse de Ségur

Les malheurs de Sophie

Illustrations de H. Castelli

Gallimard

À MA PETITE-FILLE

ÉLISABETH FRESNEAU

Chère enfant, tu me dis souvent : Oh ! grand'mère, que je vous aime ! vous êtes si bonne ! *Grand'mère n'a pas toujours été bonne, et il y a bien des enfants qui ont été méchants comme elle et qui se sont corrigés comme elle. Voici des histoires vraies d'une petite fille que grand'mère a beaucoup connue dans son enfance ; elle était colère, elle est devenue douce ; elle était gourmande, elle est devenue sobre ; elle était menteuse, elle est devenue sincère ; elle était voleuse, elle est devenue honnête ; enfin, elle était méchante, elle est devenue bonne. Grand'mère a tâché de faire de même. Faites comme elle, mes chers petits enfants ; cela vous sera facile, à vous qui n'avez pas tous les défauts de Sophie.*

COMTESSE DE SÉGUR,

née Rostopchine.

I
La poupée de cire

« Ma bonne, ma bonne, dit un jour Sophie en accourant dans sa chambre, venez vite ouvrir une caisse que papa m'a envoyée de Paris ; je crois que c'est une poupée de cire, car il m'en a promis une.

LA BONNE

Où est la caisse ?

SOPHIE

Dans l'antichambre : venez vite, ma bonne, je vous en supplie. »

La bonne posa son ouvrage et suivit Sophie à l'antichambre. Une caisse de bois blanc était posée sur une chaise ; la bonne l'ouvrit. Sophie aperçut la tête blonde et frisée d'une jolie poupée de cire ; elle poussa un cri de joie et voulut saisir la poupée, qui était encore couverte d'un papier d'emballage.

LA BONNE

Prenez garde ! ne tirez pas encore ; vous allez tout casser. La poupée tient par des cordons.

SOPHIE

Cassez-les, arrachez-les ; vite, ma bonne, que j'aie ma poupée.

La bonne, au lieu de tirer et d'arracher, prit ses ciseaux, coupa les cordons, enleva les papiers, et Sophie put prendre la plus jolie poupée qu'elle eût jamais vue. Les joues étaient roses avec de petites fossettes ; les yeux bleus et brillants ; le cou, la poitrine, les bras en cire, charmants et potelés. La toilette était très simple : une robe de percale festonnée, une ceinture bleue, des bas de coton et des brodequins noirs en peau vernie.

Sophie l'embrassa plus de vingt fois, et, la tenant dans ses bras, elle se mit à sauter et à danser. Son cousin Paul, qui avait cinq ans, et qui était en visite chez Sophie, accourut aux cris de joie qu'elle poussait.

« Paul, regarde quelle jolie poupée m'a envoyée papa ! s'écria Sophie.

PAUL

Donne-la-moi, que je la voie mieux.

SOPHIE

Non, tu la casserais.

PAUL

Je t'assure que j'y prendrai bien garde ; je te la rendrai tout de suite. »

Sophie donna la poupée à son cousin, en lui recommandant encore de prendre bien garde de la faire tomber. Paul la retourna, la regarda de tous les côtés, puis la remit à Sophie en secouant la tête.

SOPHIE

Pourquoi secoues-tu la tête ?

PAUL

Parce que cette poupée n'est pas solide ; je crains que tu ne la casses.

Oh ! sois tranquille, je vais la soigner tant, tant que je ne la casserai jamais. Je vais demander à maman d'inviter Camille et Madeleine à déjeuner avec nous, pour leur faire voir ma jolie poupée.

PAUL

Elles te la casseront.

SOPHIE

Non, elles sont trop bonnes pour me faire de la peine en cassant ma pauvre poupée.

Le lendemain, Sophie peigna et habilla sa poupée, parce que ses amies devaient venir. En l'habillant, elle la trouva pâle. « Peut-être, dit-elle, a-t-elle froid, ses pieds sont glacés. Je vais la mettre un peu au soleil pour que mes amies voient que j'en ai bien soin et que je la tiens bien chaudement. » Sophie alla porter la poupée au soleil sur la fenêtre du salon.

« Que fais-tu à la fenêtre, Sophie ? lui demanda sa maman.

SOPHIE

Je veux réchauffer ma poupée, maman ; elle a très froid.

LA MAMAN

Prends garde, tu vas la faire fondre.

SOPHIE

Oh, non ! maman, il n'y a pas de danger : elle est dure comme du bois.

LA MAMAN

Mais la chaleur la rendra molle ; il lui arrivera quelque malheur, je t'en préviens. »

Sophie ne voulut pas croire sa maman, elle mit la poupée étendue tout de son long au soleil, qui était brûlant.

Au même instant elle entendit le bruit d'une voiture : c'étaient ses amies qui arrivaient. Elle courut au-devant d'elles ; Paul les avait attendues sur le perron ; elles entrèrent au salon en courant et parlant toutes à la fois. Malgré leur impatience de voir la poupée, elles commencèrent par dire bonjour à Mme de Réan, maman de Sophie ; elles allèrent ensuite à Sophie, qui tenait sa poupée et la regardait d'un air consterné.

MADELEINE, *regardant la poupée*

La poupée est aveugle, elle n'a pas d'yeux.

CAMILLE

Quel dommage ! comme elle est jolie !

MADELEINE

Mais comment est-elle devenue aveugle ! Elle devait avoir des yeux.

Sophie ne disait rien ; elle regardait la poupée et pleurait.

MADAME DE RÉAN

Je t'avais dit, Sophie, qu'il arriverait un malheur à ta poupée si tu t'obstinais à la mettre au soleil. Heureusement que la figure et les bras n'ont pas eu le temps de fondre. Voyons, ne pleure pas ; je suis très habile médecin, je pourrai peut-être lui rendre ses yeux.

SOPHIE, *pleurant*

C'est impossible, maman, ils n'y sont plus.

Mme de Réan prit la poupée en souriant et la secoua un peu ; on entendit comme quelque chose qui roulait dans la tête. « Ce sont les yeux qui font le bruit que tu entends, dit Mme de Réan ; la cire a fondu autour des yeux, et ils sont tombés. Mais je tâcherai de les ravoir. Déshabillez la poupée, mes enfants, pendant que je préparerai mes instruments. »

Aussitôt Paul et les trois petites filles se précipitèrent sur la poupée pour la déshabiller. Sophie ne pleurait plus ; elle attendait avec impatience ce qui allait arriver.

La maman revint, prit ses ciseaux, détacha le corps cousu à la poitrine ; les yeux, qui étaient dans la tête, tombèrent sur ses genoux; elle les prit avec des pinces, les replaça où ils devaient être, et, pour les empêcher de tomber encore, elle coula dans la tête et sur la place où étaient les yeux, de la cire fondue qu'elle avait apportée dans une petite casserole ; elle attendit quelques instants que la cire fût refroidie, et puis elle recousit le corps à la tête.

Les petites n'avaient pas bougé. Sophie regardait avec crainte toutes ces opérations. Elle avait peur que ce ne fût pas bien ; mais, quand elle vit sa poupée raccommodée et aussi jolie qu'auparavant, elle sauta au cou de sa maman et l'embrassa dix fois.

« Merci, ma chère maman, disait-elle, merci : une autre fois je vous écouterai, bien sûr. »

On rhabilla bien vite la poupée, on l'assit sur un petit fauteuil et on l'emmena promener en triomphe en chantant :

> *Vive maman !*
> *De baisers je la mange.*
> *Vive maman !*
> *Elle est notre bon ange.*

La poupée vécut très longtemps bien soignée, bien aimée ; mais petit à petit elle perdit ses charmes, voici comment.

Un jour, Sophie pensa qu'il était bon de laver les

poupées, puisqu'on lavait les enfants ; elle prit de l'eau, une éponge, du savon, et se mit à débarbouiller sa poupée ; elle la débarbouilla si bien, qu'elle lui enleva toutes ses couleurs : les joues et les lèvres devinrent pâles comme si elle était malade, et restèrent toujours sans couleur. Sophie pleura, mais la poupée resta pâle.

Un autre jour, Sophie pensa qu'il fallait lui friser les cheveux ; elle lui mit donc des papillotes : elle les passa au fer chaud, pour que les cheveux fussent mieux frisés. Quand elle lui ôta ses papillotes, les cheveux restèrent dedans ; le fer était trop chaud, Sophie avait brûlé les cheveux de sa poupée, qui était chauve. Sophie pleura, mais la poupée resta chauve.

Un autre jour encore, Sophie, qui s'occupait beaucoup de l'éducation de sa poupée, voulut lui apprendre à faire des tours de force. Elle la suspendit par les bras à une ficelle ; la poupée, qui ne tenait pas bien, tomba et se cassa un bras. La maman essaya de la raccommoder ; mais, comme il manquait des morceaux, il fallut chauffer beaucoup la cire, et le bras resta plus court que l'autre. Sophie pleura, mais le bras resta plus court.

Une autre fois, Sophie songea qu'un bain de pieds serait très utile à sa poupée, puisque les grandes personnes en prenaient. Elle versa de l'eau bouillante dans un petit seau, y plongea les pieds de la poupée, et, quand elle la retira, les pieds s'étaient fondus, et étaient dans le seau. Sophie pleura, mais la poupée resta sans jambes.

Depuis tous ces malheurs, Sophie n'aimait plus sa poupée, qui était devenue affreuse, et dont ses amies se moquaient ; enfin, un dernier jour, Sophie voulut lui apprendre à grimper aux arbres ; elle la fit monter sur une branche, la fit asseoir ; mais la poupée, qui ne tenait pas bien, tomba : sa tête frappa contre des pierres et se cassa en cent morceaux. Sophie ne pleura pas, mais elle invita ses amies à venir enterrer sa poupée.

II
L'enterrement

Camille et Madeleine arrivèrent un matin pour l'enterrement de la poupée : elles étaient enchantées ; Sophie et Paul n'étaient pas moins heureux.

SOPHIE

Venez vite, mes amis, nous vous attendons pour faire le cercueil de la poupée.

CAMILLE

Mais dans quoi la mettrons-nous ?

J'ai une vieille boîte à joujoux ; ma bonne l'a recouverte de percale rose ; c'est très joli ; venez voir.

Les petites coururent chez Mme de Réan, où la bonne finissait l'oreiller et le matelas qu'on devait mettre dans la boîte ; les enfants admirèrent ce charmant cercueil ; elles y mirent la poupée, et, pour qu'on ne vît pas la tête brisée, les pieds fondus et le bras cassé, elles la recouvrirent avec un petit couvre-pied de taffetas rose.

On plaça la boîte sur un brancard que la maman leur avait fait faire. Elles voulaient toutes le porter : c'était pourtant impossible, puisqu'il n'y avait place que pour deux. Après qu'ils se furent un peu poussés, disputés, on décida que Sophie et Paul, les deux plus petits, porteraient le brancard, et que Camille et Madeleine marcheraient l'une derrière, l'autre devant, portant un panier de fleurs et de feuilles qu'on devait jeter sur la tombe.

Quand la procession arriva au petit jardin de Sophie, on posa par terre le brancard avec la boîte qui contenait les restes de la malheureuse poupée. Les enfants se mirent à creuser la fosse ; ils y descendirent la boîte, jetèrent dessus des fleurs et des feuilles, puis la terre qu'ils avaient retirée ; ils ratissèrent promptement tout autour et y plantèrent deux lilas. Pour terminer la fête, ils coururent au bassin du potager et y remplirent leurs petits arrosoirs pour arroser les lilas ; ce fut l'occasion de nouveaux jeux et de nouveaux rires, parce qu'on s'arrosait les jambes, qu'on se poursuivait et se sauvait en riant et en criant. On n'avait jamais vu un enterrement plus gai. Il est vrai que la morte était une vieille poupée, sans couleur, sans cheveux, sans jambes et sans tête, et que personne ne l'aimait ni ne la regrettait. La journée se termina gaiement ; et, lorsque Camille et Madeleine s'en allèrent, elles demandèrent à Paul et à Sophie de casser une autre poupée pour pouvoir recommencer un enterrement aussi amusant.

III
La chaux

La petite Sophie n'était pas obéissante. Sa maman lui avait défendu d'aller seule dans la cour, où les maçons bâtissaient une maison pour les poules, les paons et les pintades. Sophie aimait beaucoup à regarder travailler les maçons ; quand sa maman y allait, elle l'emmenait toujours, mais elle lui ordonnait de rester près d'elle. Sophie, qui aurait voulu courir à droite et à gauche, lui demanda un jour :

« Maman, pourquoi ne voulez-vous pas que j'aille voir les maçons sans vous ? Et, quand vous y allez, pourquoi voulez-vous que je reste toujours auprès de vous ?

LA MAMAN

Parce que les maçons lancent des pierres, des briques qui pourraient t'attraper, et puis parce qu'il y a du sable, de la chaux qui pourraient te faire glisser ou te faire mal.

Oh ! maman, d'abord j'y ferais bien attention, et puis le sable et la chaux ne peuvent pas faire de mal.

LA MAMAN

Tu crois cela, parce que tu es une petite fille ; mais, moi qui suis grande, je sais que la chaux brûle.

SOPHIE

Mais, maman...

LA MAMAN, *l'interrompant*

Voyons, ne raisonne pas tant et tais-toi. Je sais mieux que toi ce qui peut te faire mal ou non. Je ne veux pas que tu ailles dans la cour sans moi. »

Sophie baissa la tête et ne dit plus rien ; mais elle prit un air maussade et se dit tout bas :

« J'irai tout de même ; cela m'amuse, et j'irai. »

Elle n'attendit pas longtemps l'occasion de désobéir. Une heure après, le jardinier vint chercher Mme de Réan pour choisir des géraniums qu'on apportait à vendre. Sophie resta donc seule : elle regarda de tous côtés si la bonne ou la femme de chambre ne pouvaient la voir, et, se sentant bien seule, elle courut à la porte, l'ouvrit et alla dans la cour ; les maçons travaillaient et ne songeaient pas à Sophie, qui s'amusait à les regarder et à tout voir, tout examiner. Elle se trouva près d'un grand bassin à chaux tout plein, blanc et uni comme de la crème.

« Comme cette chaux est blanche et jolie ! se dit-elle, je ne l'avais jamais si bien vue ; maman ne m'en laisse jamais approcher. Comme c'est uni ! Ce doit être doux et agréable sous les pieds. Je vais traverser tout le bassin en glissant dessus comme sur la glace. »

Et Sophie posa son pied sur la chaux, pensant que c'était solide comme la terre. Mais son pied enfonce ;

pour ne pas tomber, elle pose l'autre pied, et elle enfonce jusqu'à mi-jambes. Elle crie ; un maçon accourt, l'enlève, la met par terre et lui dit :

« Enlevez vite vos souliers et vos bas, mam'zelle ; ils sont déjà tout brûlés ; si vous les gardez, la chaux va vous brûler les jambes. »

Sophie regarde ses jambes ; malgré la chaux qui tenait encore, elle voit que ses souliers et ses bas sont noirs comme s'ils sortaient du feu. Elle crie plus fort, et d'autant plus qu'elle commence à sentir les picotements de la chaux, qui lui brûlait les jambes. La bonne n'était pas loin, heureusement ; elle accourt, voit sur-le-champ ce qui est arrivé, arrache les souliers et les bas de Sophie, lui essuie les pieds et les jambes avec son tablier, la prend dans ses bras et l'emporte à la maison. Au moment où Sophie était rapportée dans sa chambre, Mme de Réan rentrait pour payer le marchand de fleurs.

« Qu'y a-t-il donc ? demanda Mme de Réan avec inquiétude. T'es-tu fait mal ? Pourquoi es-tu nu-pieds ? »

Sophie, honteuse, ne répondait pas. La bonne racontait à la maman ce qui était arrivé, et comment Sophie avait manqué d'avoir les jambes brûlées par la chaux.

« Si je ne m'étais pas trouvée tout près de la cour et si je n'étais pas arrivée juste à temps, elle aurait eu les jambes dans le même état que mon tablier. Que madame voie comme il est brûlé par la chaux ; il est plein de trous. »

Mme de Réan vit en effet que le tablier de la bonne était perdu. Se tournant vers Sophie, elle lui dit :

« Mademoiselle, je devrais vous fouetter pour votre désobéissance ; mais le bon Dieu vous a déjà punie par la frayeur que vous avez eue. Vous n'aurez donc d'autre punition que de me donner, pour racheter un tablier neuf à votre bonne, la pièce de cinq francs que vous avez dans votre bourse et que vous gardiez pour vous amuser à la fête du village. »

Sophie eut beau pleurer, demander grâce pour sa pièce de cinq francs, la maman la lui prit. Sophie se dit, tout en pleurant, qu'une autre fois elle écouterait sa maman, et n'irait plus où elle ne devait pas aller.

IV
Les petits poissons

Sophie était étourdie ; elle faisait souvent sans y penser de mauvaises choses.

Voici ce qui lui arriva un jour :

Sa maman avait des petits poissons pas plus longs qu'une épingle et pas plus gros qu'un tuyau de plume de pigeon. Mme de Réan aimait beaucoup ses petits poissons, qui vivaient dans une cuvette pleine d'eau au fond de laquelle il y avait du sable pour qu'ils pussent s'y enfoncer et s'y cacher. Tous les matins Mme de Réan portait du pain à ses petits poissons ; Sophie s'amusait à les regarder pendant qu'ils se jetaient sur les miettes de pain et qu'ils se disputaient pour les avoir.

Un jour son papa lui donna un joli petit couteau en écaille ; Sophie, enchantée de son couteau, s'en servait pour couper son pain, ses pommes, des biscuits, des fleurs, etc.

Un matin, Sophie jouait ; sa bonne lui avait donné

du pain, qu'elle avait coupé en petits morceaux, des amandes, qu'elle coupait en tranches, et des feuilles de salade ; elle demanda à sa bonne de l'huile et du vinaigre pour faire la salade.

« Non, répondit la bonne ; je veux bien vous donner du sel, mais pas d'huile ni de vinaigre, qui pourraient tacher votre robe. »

Sophie prit le sel, en mit sur sa salade ; il lui en restait beaucoup.

« Si j'avais quelque chose à saler ? se dit-elle. Je ne veux pas saler du pain ; il me faudrait de la viande ou du poisson... Oh ! la bonne idée ! Je vais saler les petits poissons de maman ; j'en couperai quelques-uns en tranches avec mon couteau, je salerai les autres tout entiers ; que ce sera amusant ! Quel joli plat cela fera ! »

Et voilà Sophie qui ne réfléchit pas que sa maman n'aura plus les jolis petits poissons qu'elle aime tant, que ces pauvres petits souffriront beaucoup d'être salés vivants ou d'être coupés en tranches. Sophie court dans le salon où étaient les petits poissons ; elle s'approche de la cuvette, les pêche tous, les met dans une assiette de son ménage, retourne à sa petite table, prend quelques-uns de ces pauvres petits poissons, et les étend sur un plat. Mais les poissons, qui ne se sentaient pas à l'aise hors de l'eau, remuaient et sautaient tant qu'ils pouvaient. Pour les faire tenir tranquilles, Sophie leur verse du sel sur le dos, sur la tête, sur la queue. En effet, ils restent immobiles : les pauvres petits étaient morts. Quand son assiette fut pleine, elle en prit d'autres et se mit à les couper en tranches. Au premier coup de couteau les malheureux poissons se tordaient en désespérés ; mais ils devenaient bientôt immobiles, parce qu'ils mouraient. Après le second poisson, Sophie s'aperçut qu'elle les tuait en les coupant en morceaux ; elle regarda avec inquiétude les poissons salés ; ne les voyant pas remuer, elle les examina attentivement et vit qu'ils étaient tous morts. Sophie devint rouge comme une cerise.

« Que va dire maman ? se dit-elle. Que vais-je devenir, moi, pauvre malheureuse ! Comment faire pour cacher cela ? »

Elle réfléchit un moment. Son visage s'éclaircit ; elle avait trouvé un moyen excellent pour que sa maman ne s'aperçût de rien.

Elle ramassa bien vite tous les poissons salés et coupés, les remit dans une petite assiette, sortit doucement de la chambre, et les reporta dans leur cuvette.

« Maman croira, dit-elle, qu'ils se sont battus, qu'ils se sont tous entre-déchirés et tués. Je vais essuyer mes assiettes, mon couteau, et ôter mon sel ; ma bonne n'a pas heureusement remarqué que j'avais été chercher les poissons ; elle est occupée de son ouvrage et ne pense pas à moi. » Sophie rentra sans bruit dans sa chambre, se remit à sa petite table et continua de jouer avec son ménage. Au bout de quelque temps elle se leva, prit un livre et se mit à regarder les images. Mais elle était inquiète ; elle ne faisait pas attention aux images, elle croyait toujours entendre arriver sa maman.

Tout d'un coup, Sophie tressaille, rougit ; elle entend la voix de Mme de Réan, qui appelait les domestiques ; elle l'entend parler haut comme si elle grondait ; les domestiques vont et viennent ; Sophie tremble que sa maman n'appelle sa bonne, ne l'appelle elle-même ; mais tout se calme, elle n'entend plus rien.

La bonne, qui avait aussi entendu du bruit et qui était curieuse, quitte son ouvrage et sort.

Elle rentre un quart d'heure après.

« Comme c'est heureux, dit-elle à Sophie, que nous ayons été toutes deux dans notre chambre sans en sortir ! Figurez-vous que votre maman vient d'aller voir ses poissons ; elle les a trouvés tous morts, les uns entiers, les autres coupés en morceaux. Elle a fait venir tous les domestiques pour leur demander quel était le méchant qui avait fait mourir ces pauvres petites bêtes ; personne n'a pu ou n'a voulu rien dire. Je viens de la rencontrer ; elle m'a demandé si vous aviez été dans le salon ; j'ai heureusement pu lui répondre que vous n'aviez pas bougé d'ici, que vous vous étiez amusée à faire la dînette dans votre petit ménage. "C'est singulier, dit-elle, j'aurais parié que c'est Sophie qui a fait ce beau coup. — Oh ! madame, lui ai-je répondu, Sophie n'est pas capable d'avoir fait une chose si méchante. — Tant mieux, dit votre maman, car je l'aurais sévèrement punie. C'est heureux pour elle que vous ne l'ayez pas quittée et que vous m'assuriez qu'elle ne peut pas avoir fait mourir mes pauvres poissons. — Oh ! quant à cela madame, j'en suis bien certaine", ai-je répondu. »

Sophie ne disait rien ; elle restait immobile et rouge, la tête baissée, les yeux pleins de larmes. Elle eut envie un instant d'avouer à sa bonne que c'était elle qui avait tout fait, mais le courage lui manqua. La bonne, la voyant triste, crut que c'était la mort des pauvres petits poissons qui l'affligeait.

« J'étais bien sûre, dit-elle, que vous seriez triste comme votre maman du malheur arrivé à ces pauvres petites bêtes. Mais il faut se dire que ces poissons n'étaient pas heureux dans leur prison : car enfin cette cuvette était une prison pour eux ; à présent que les voilà morts, ils ne souffrent plus. N'y pensez donc plus, et venez que je vous arrange pour aller au salon ; on va bientôt dîner. »

Sophie se laissa peigner, laver, sans dire mot ; elle entra au salon ; sa maman y était.

« Sophie, lui dit-elle, ta bonne t'a-t-elle raconté ce qui est arrivé à mes petits poissons ?

SOPHIE

Oui, maman.

MADAME DE RÉAN

Si ta bonne ne m'avait pas assuré que tu étais restée avec elle dans ta chambre depuis que tu m'as quittée, j'aurais pensé que c'est toi qui les as fait mourir ; tous les domestiques disent que ce n'est aucun d'eux. Mais je crois que le domestique Simon, qui était chargé de changer tous les matins l'eau et le sable de la cuvette, a voulu se débarrasser de cet ennui, et qu'il a tué mes pauvres poissons pour ne plus avoir à les soigner. Aussi je le renverrai demain.

SOPHIE, *effrayée*

Oh ! maman, ce pauvre homme ! Que deviendra-t-il avec sa femme et ses enfants ?

MADAME DE RÉAN

Tant pis pour lui ; il ne devait pas tuer mes petits poissons, qui ne lui avaient fait aucun mal, et qu'il a fait souffrir en les coupant en morceaux.

SOPHIE

Mais ce n'est pas lui, maman ! Je vous assure que ce n'est pas lui !

Comment sais-tu que ce n'est pas lui ? moi je crois que c'est lui, que ce ne peut être que lui, et dès demain je le ferai partir.

SOPHIE, *pleurant et joignant les mains*

Oh non ! maman, ne le faites pas. C'est moi qui ai pris les petits poissons et qui les ai tués.

MADAME DE RÉAN,
avec surprise

Toi !... quelle folie ! Toi qui aimais ces petits poissons, tu ne les aurais pas fait souffrir et mourir ! Je vois bien que tu dis cela pour excuser Simon...

SOPHIE

Non, maman, je vous assure que c'est moi ; oui, c'est moi ; je ne voulais pas les tuer, je voulais seulement les saler, et je croyais que le sel ne leur ferait pas de mal. Je ne croyais pas non plus que de les couper leur fît mal, parce qu'ils ne criaient pas. Mais, quand je les ai vus morts, je les ai reportés dans leur cuvette, sans que ma bonne, qui travaillait, m'ait vu sortir ni rentrer. »

Mme de Réan resta quelques instants si étonnée de l'aveu de Sophie, qu'elle ne répondit pas. Sophie leva timidement les yeux et vit ceux de sa mère fixés sur elle, mais sans colère ni sévérité.

« Sophie, dit enfin Mme de Réan, si j'avais appris par hasard, c'est-à-dire par la permission de Dieu, qui punit toujours les méchants, ce que tu viens de me raconter, je t'aurais punie sans pitié et avec sévérité. Mais le bon sentiment qui t'a fait avouer ta faute pour excuser Simon, te vaudra ton pardon. Je ne te ferai donc pas de reproches, car jè suis bien sûre que tu sens combien tu as été cruelle pour ces pauvres petits poissons en ne réfléchissant pas d'abord que le sel devait les tuer, ensuite qu'il est impossible de couper et de tuer n'importe quelle bête sans qu'elle souffre. »

Et, voyant que Sophie pleurait, elle ajouta :

« Ne pleure pas, Sophie, et n'oublie pas qu'avouer tes fautes, c'est te les faire pardonner. »

Sophie essuya ses yeux, elle remercia sa maman, mais elle resta toute la journée un peu triste d'avoir causé la mort de ses petits amis les poissons.

V
Le poulet noir

Sophie allait tous les matins avec sa maman dans la basse-cour, où il y avait des poules de différentes espèces et très belles. Mme de Réan avait fait couver des œufs desquels devaient sortir des poules huppées superbes. Tous les jours, elle allait voir avec Sophie si les poulets étaient sortis de leur œuf. Sophie emportait dans un petit panier du pain, qu'elle émiettait aux poules. Aussitôt qu'elle arrivait, toutes les poules, tous les coqs accouraient, sautaient autour d'elle, becquetaient le pain presque dans ses mains et dans son panier. Sophie riait, courait ; les poules la suivaient : ce qui l'amusait beaucoup.

Pendant ce temps, sa maman entrait dans une grande et belle galerie où demeuraient les poules ; elles étaient logées comme des princesses et soignées mieux que beaucoup de princesses. Sophie venait la rejoindre quand tout son pain était émietté ; elle regardait les petits poulets sortir de leur coquille, et qui étaient trop jeunes encore pour courir dans les champs. Un matin, quand Sophie entra au poulailler, elle vit sa maman qui tenait un magnifique poulet, né depuis une heure.

SOPHIE

Ah ! le joli poulet, maman ! ses plumes sont noires comme celles d'un corbeau.

MADAME DE RÉAN

Regarde aussi quelle jolie huppe il a sur la tête ; ce sera un magnifique poulet.

Mme de Réan le replaça près de la poule couveuse. A peine l'avait-elle posé, que la poule donna un grand coup de bec au pauvre poulet. Mme de Réan donna une tape sur le bec de la méchante poule, releva le petit poulet, qui était tombé en criant, et le remit près de la poule. Cette fois la poule, furieuse, donna au pauvre petit deux ou trois coups de bec et le poursuivit quand il chercha à revenir.

Mme de Réan accourut et saisit le poulet, que la mère allait tuer à force de coups de bec. Elle lui fit avaler une goutte d'eau pour le ranimer.

« Qu'allons-nous faire de ce poulet ? dit-elle ; impossible de le laisser avec sa méchante mère, elle le tuerait ; il est si beau que je voudrais pourtant l'élever.

SOPHIE

Écoutez, maman, mettez-le, dans un grand panier, dans la chambre où sont mes joujoux ; nous lui donnerons à manger, et, quand il sera grand, nous le remettrons au poulailler.

MADAME DE RÉAN

Je crois que tu as raison ; emporte-le dans ton panier à pain, et arrangeons-lui un lit.

SOPHIE

Oh ! maman ! regardez son cou ; il saigne, et son dos aussi.

MADAME DE RÉAN

Ce sont les coups de bec de la poule ; quand tu l'auras rapporté à la maison, tu demanderas à ta bonne du cérat et tu lui en mettras sur ses plaies. »

Sophie n'était certainement pas contente de voir des blessures au poulet, mais elle était enchantée d'avoir à y mettre du cérat ; elle courut donc en avant de sa maman, montra à sa bonne le poulet, demanda du cérat et lui en mit des paquets sur chaque place qui saignait. Ensuite elle lui prépara une pâtée d'œufs, de pain et de lait, qu'elle écrasa et mêla pendant une heure. Le poulet souffrait, il était triste, il ne voulut pas manger ; il but seulement plusieurs fois de l'eau fraîche.

Au bout de trois jours les plaies du poulet furent guéries, et il se promenait devant le perron du jardin. Un mois après il était devenu d'une beauté remarquable et très grand pour son âge ; on lui aurait donné trois mois pour le moins ; ses plumes étaient d'un noir bleu très rare, lisses et brillantes comme s'il sortait de l'eau. Sa tête était couverte d'une énorme huppe de plumes noires, orange, bleues, rouges et blanches. Son bec et ses pattes étaient roses ; sa démarche était fière, ses yeux étaient vifs et brillants ; on n'avait jamais vu un plus beau poulet.

C'était Sophie qui s'était chargée de le soigner ; c'était elle qui lui apportait à manger ; c'était elle qui le gardait lorsqu'il se promenait devant la maison. Dans peu de jours on devait le remettre au poulailler, parce qu'il devenait trop difficile à garder. Sophie était quelquefois obligée de courir après lui pendant une demi-heure sans pouvoir le rattraper ; une fois même il avait manqué se noyer en se jetant dans un bassin plein d'eau qu'il n'avait pas vu, tant il courait vite pour se sauver de Sophie.

Elle avait essayé de lui attacher un ruban à la patte, mais il s'était tant débattu qu'il avait fallu le détacher, de peur qu'il ne se cassât la jambe. La maman lui défendit alors de le laisser sortir du poulailler.

« Il y a ici beaucoup de vautours qui pourraient l'enlever ; il faut donc attendre qu'il soit grand pour le laisser en liberté », dit Mme de Réan.

Mais Sophie, qui n'était pas obéissante, continuait de le faire sortir en cachette de sa maman, et un jour, sachant sa maman occupée à écrire, elle apporta le poulet devant la maison ; il s'amusait à chercher des moucherons et des vers dans le sable et dans l'herbe. Sophie peignait sa poupée à quelques pas du poulet, qu'elle regardait souvent, pour l'empêcher de s'éloigner. En levant les yeux, elle vit avec surprise un gros oiseau au bec crochu qui s'était posé à trois pas du poulet. Il regardait le poulet d'un air féroce, et Sophie d'un air craintif. Le poulet ne bougeait pas ; il s'était accroupi et il tremblait.

« Quel drôle d'oiseau ! dit Sophie. Il est beau, mais quel air singulier il a ! Quand il me regarde, il a l'air d'avoir peur, et, quand il regarde le poulet, il lui fait des yeux furieux ! Ha, ha, ha, qu'il est drôle ! »

Au même instant l'oiseau pousse un cri perçant et sauvage, s'élance sur le poulet, qui répond par un cri plaintif, le saisit dans ses griffes et l'emporte en s'envolant à tire-d'aile.

Sophie resta stupéfaite ; la maman, qui était accourue aux cris de l'oiseau, demande à Sophie ce qui était arrivé. Sophie raconte qu'un oiseau a emporté le poulet, et ne comprend pas ce que cela veut dire.

« Cela veut dire que vous êtes une petite désobéissante, que l'oiseau est un vautour ; que vous lui avez laissé emporter mon beau poulet, qui est tué, dévoré par ce méchant oiseau, et que vous allez rentrer dans votre chambre, où vous dînerez, et où vous resterez jusqu'à ce soir, pour vous apprendre à être plus obéissante une autre fois. »

Sophie baissa la tête et s'en alla tristement dans sa chambre ; elle dîna avec la soupe et le plat de viande que lui apporta sa bonne, qui l'aimait et qui pleurait de la voir pleurer. Sophie pleurait son pauvre poulet, qu'elle regretta bien longtemps.

VI
L'abeille

Sophie et son cousin Paul jouaient un jour dans leur chambre ; ils s'amusaient à attraper des mouches qui se promenaient sur les carreaux de la fenêtre ; à mesure qu'ils en attrapaient, ils les mettaient dans une petite boîte en papier que leur avait faite leur papa.

Quand ils en eurent attrapé beaucoup, Paul voulut voir ce qu'elles faisaient dans la boîte.

« Donne-moi la boîte, dit-il à Sophie qui la tenait ; nous allons regarder ce que font les mouches. »

Sophie la lui donna ; ils entr'ouvrirent avec beaucoup de précaution la petite porte de la boîte. Paul mit son œil contre l'ouverture et s'écria :

« Ah ! que c'est drôle ! comme elles remuent ! elles se battent ; en voilà une qui arrache une patte à son amie,... les autres sont en colère... Oh ! comme elles se battent ! en voilà quelques-unes qui tombent ! les voilà qui se relèvent...

— Laisse-moi regarder à mon tour, Paul », dit Sophie.

Paul ne répondit pas et continua à regarder et à raconter ce qu'il voyait.

Sophie s'impatientait ; elle prit un coin de la boîte et tira tout doucement ; Paul tira de son côté ; Sophie se fâcha et tira un peu plus fort ; Paul tira plus fort encore ; Sophie donna une telle secousse à la boîte, qu'elle la déchira. Toutes les mouches s'élancèrent dehors et se posèrent sur les yeux, sur les joues, sur le nez de Paul et de Sophie, qui les chassaient en se donnant de grandes tapes.

« C'est ta faute, disait Sophie à Paul ; si tu avais été plus complaisant, tu m'aurais donné la boîte et nous ne l'aurions pas déchirée.

— Non, c'est ta faute, répondait Paul ; si tu avais été moins impatiente, tu aurais attendu la boîte et nous l'aurions encore.

SOPHIE

Tu es égoïste, tu ne penses qu'à toi.

PAUL

Et toi, tu es colère comme les dindons de la ferme.

Je ne suis pas colère du tout, monsieur ; seulement je trouve que vous êtes méchant.

Je ne suis pas méchant, mademoiselle ; seulement je vous dis la vérité, et c'est pourquoi vous êtes rouge de colère comme les dindons avec leurs crêtes rouges.

Je ne veux plus jouer avec un méchant garçon comme vous, monsieur.

Moi non plus, je ne veux pas jouer avec une méchante fille comme vous, mademoiselle. »

Et tous deux allèrent bouder chacun dans son coin. Sophie s'ennuya bien vite, mais elle voulut faire croire à Paul qu'elle s'amusait beaucoup ; elle se mit donc à chanter et à attraper encore des mouches ; mais il n'y en avait plus beaucoup, et celles qui restaient ne se laissaient pas prendre. Tout à coup elle aperçoit avec joie une grosse abeille qui se tenait bien tranquille dans un petit coin de la fenêtre. Sophie savait que les abeilles piquent ; aussi ne chercha-t-elle pas à la prendre avec ses doigts ; elle tira son mouchoir de sa poche, le posa sur l'abeille et la saisit avant que la pauvre bête eût eu le temps de se sauver.

Paul, qui s'ennuyait de son côté, regardait Sophie et la vit prendre l'abeille.

« Que vas-tu faire de cette bête ? lui demanda-t-il.

Laisse-moi tranquille, méchant, cela ne te regarde pas.

PAUL, *avec ironie*

Pardon, mademoiselle la furieuse, je vous demande bien pardon de vous avoir parlé et d'avoir oublié que vous étiez mal élevée et impertinente.

SOPHIE, *faisant une révérence moqueuse*

Je dirai à maman, monsieur, que vous me trouvez mal élevée ; comme c'est elle qui m'élève, elle sera bien contente de le savoir.

PAUL, *avec inquiétude*

Non, Sophie, ne lui dis pas : on me gronderait.

SOPHIE

Oui, je le lui dirai ; si l'on te gronde, tant mieux · j'en serai bien contente.

PAUL

Méchante, va ! je ne veux plus te dire un mot. »

Et Paul retourna sa chaise pour ne pas voir Sophie, qui était enchantée d'avoir fait peur à Paul et qui recommença à s'occuper de son abeille. Elle leva tout doucement un petit coin du mouchoir, serra un peu l'abeille entre ses doigts à travers le mouchoir, pour l'empêcher de s'envoler, et tira de sa poche son petit couteau.

« Je vais lui couper la tête, se dit-elle, pour la punir de toutes les piqûres qu'elle a faites. »

En effet, Sophie posa l'abeille par terre en la tenant toujours à travers le mouchoir, et d'un coup de couteau elle lui coupa la tête ; puis, comme elle trouva que c'était très amusant, elle continua de la couper en morceaux.

Elle était si occupée de l'abeille, qu'elle n'entendit pas entrer sa maman, qui, la voyant à genoux et presque immobile, s'approcha tout doucement pour voir ce qu'elle faisait ; elle la vit coupant la dernière patte de la pauvre abeille.

Indignée de la cruauté de Sophie, Mme de Réan lui tira fortement l'oreille.

Sophie poussa un cri, se releva d'un bond et resta tremblante devant sa maman.

« Vous êtes une méchante fille, mademoiselle, vous faites souffrir cette bête malgré ce que je vous ai dit quand vous avez salé et coupé mes pauvres petits poissons...

SOPHIE

J'ai oublié, maman, je vous assure.

MADAME DE RÉAN

Je vous en ferai souvenir, mademoiselle, d'abord en vous ôtant votre couteau, que je ne vous rendrai que dans un an, et puis en vous obligeant de porter à votre cou ces morceaux de l'abeille enfilés dans un ruban, jusqu'à ce qu'ils tombent en poussière. »

Sophie eut beau prier, supplier sa maman de ne pas lui faire porter l'abeille en collier, la maman appela la bonne, se fit apporter un ruban noir, enfila les morceaux de l'abeille et les attacha au cou de Sophie. Paul n'osait rien dire ; il était consterné ; quand Sophie resta seule, sanglotant et honteuse de son collier, Paul chercha à la consoler par tous les moyens possibles ; il l'embrassait, lui demandait pardon de lui avoir dit des sottises, et voulait lui faire croire que les couleurs jaune, orange, bleue et noire de l'abeille faisaient un très joli effet et ressemblaient à un collier de jais et de pierreries. Sophie le remercia de sa bonté ; elle fut un peu consolée par l'amitié de son cousin ; mais elle resta très chagrine de son collier. Pendant une semaine, les morceaux de l'abeille restèrent entiers ; mais enfin, un beau jour, Paul, en jouant avec elle, les écrasa si bien qu'il ne resta plus que le ruban. Il courut en prévenir sa tante, qui lui permit d'ôter le cordon noir. Ce fut ainsi que Sophie en fut débarrassée, et depuis elle ne fit jamais souffrir aucun animal.

G. MAURAND.   CASTELL

VII
Les cheveux mouillés

Sophie était coquette ; elle aimait à être bien mise et à être trouvée jolie. Et pourtant elle n'était pas jolie ; elle avait une bonne grosse figure bien fraîche, bien gaie, avec de très beaux yeux gris, un nez en l'air et un peu gros, une bouche grande et toujours prête à rire, des cheveux blonds pas frisés, et coupés court comme ceux d'un garçon. Elle aimait à être bien mise et elle était toujours très mal habillée : une simple robe en percale blanche, décolletée et à manches courtes, hiver comme été, des bas un peu gros et des souliers de peau noire. Jamais de chapeau ni de gants. Sa maman pensait qu'il était bon de l'habituer au soleil, à la pluie, au vent, au froid.

Ce que Sophie désirait beaucoup, c'était d'avoir les cheveux frisés. Elle avait un jour entendu admirer les jolis cheveux blonds frisés d'une de ses petites amies, Camille de Fleurville, et depuis elle avait toujours tâché de faire friser les siens. Entre autres inventions, voici ce qu'elle imagina de plus malheureux.

Un après-midi il pleuvait très fort et il faisait très chaud, de sorte que les fenêtres et la porte du perron étaient restées ouvertes. Sophie était à la porte ; sa maman lui avait défendu de sortir ; de temps en temps elle allongeait le bras pour recevoir la pluie ; puis elle allongea un peu le cou pour en recevoir quelques gouttes sur la tête. En passant sa tête ainsi en dehors, elle vit que la gouttière débordait et qu'il en tombait un grand jet d'eau de pluie. Elle se souvint en même temps que les cheveux de Camille frisaient mieux quand ils étaient mouillés.

« Si je mouillais les miens, dit-elle, ils friseraient peut-être ! »

Et voilà Sophie qui sort malgré la pluie, qui met sa tête sous la gouttière, et qui reçoit, à sa grande joie, toute l'eau sur la tête, sur le cou, sur les bras, sur le dos. Lorsqu'elle fut bien mouillée, elle rentra au salon et se mit à essuyer sa tête avec son mouchoir, en ayant soin de rebrousser ses cheveux pour les faire friser. Son mouchoir fut trempé en une minute ; Sophie voulut courir dans sa chambre pour en demander un autre à sa bonne, lorsqu'elle se trouva nez à nez avec sa maman. Sophie, toute mouillée, les cheveux hérissés, l'air effaré, resta immobile et tremblante. La

maman, étonnée d'abord, lui trouva une figure si ridicule qu'elle éclata de rire.

« Voilà une belle idée que vous avez eue, mademoiselle ! lui dit-elle. Si vous voyiez la figure que vous avez, vous ririez de vous-même comme je le fais maintenant. Je vous avais défendu de sortir ; vous avez désobéi comme d'habitude ; pour votre punition vous allez rester à dîner comme vous êtes, les cheveux en l'air, la robe trempée, afin que votre papa et votre cousin Paul voient vos belles inventions. Voici un mouchoir pour achever de vous essuyer la figure, le cou et les bras. »

Au moment où Mme de Réan finissait de parler, Paul entra avec M. de Réan ; tous deux s'arrêtèrent stupéfaits devant la pauvre Sophie, rouge, honteuse, désolée et ridicule ; et tous deux éclatèrent de rire. Plus Sophie rougissait et baissait la tête, plus elle prenait un air embarrassé et malheureux, et plus ses cheveux ébouriffés et ses vêtements mouillés lui donnaient un air risible. Enfin M. de Réan demanda ce que signifiait cette mascarade et si Sophie allait dîner en mardi gras de carnaval.

MADAME DE RÉAN

C'est sans doute une invention pour faire friser ses cheveux ; elle veut absolument qu'ils frisent comme ceux de Camille, qui mouille les siens pour les faire friser ; Sophie a pensé qu'il en serait de même pour elle.

M. DE RÉAN

Ce que c'est que d'être coquette ! On veut se rendre jolie et l'on se rend affreuse.

PAUL

Ma pauvre Sophie, va vite te sécher, te peigner et te

47

changer. Si tu savais comme tu es drôle, tu ne voudrais pas rester deux minutes comme tu es.

Non, elle va dîner avec sa belle coiffure en l'air et avec sa robe pleine de sable et d'eau...

PAUL, *interrompant et avec compassion*

Oh ! ma tante, je vous en prie, pardonnez-lui, et permettez-lui d'aller se peigner et changer de robe. Pauvre Sophie, elle a l'air si malheureux !

M. DE RÉAN

Je fais comme Paul, chère amie, et je demande grâce pour cette fois. Si elle recommence, ce sera différent.

SOPHIE, *pleurant*

Je vous assure, papa, que je ne recommencerai pas.

MADAME DE RÉAN

Pour faire plaisir à votre papa, mademoiselle, je vous permets d'aller dans votre chambre et de vous déshabiller ; mais vous ne dînerez pas avec nous ; vous ne viendrez au salon que lorsque nous serons sortis de table.

PAUL

Oh ! ma tante, permettez-lui...

MADAME DE RÉAN

Non, Paul, ne me demande plus rien ; ce sera comme je l'ai dit. (*A Sophie.*) Allez, mademoiselle.

Sophie dîna dans sa chambre, après avoir été peignée et habillée. Paul vint la chercher après dîner et l'emmena jouer dans un salon où étaient les joujoux. Depuis ce jour Sophie n'essaya plus de se mettre à la pluie pour faire friser ses cheveux.

VIII
Les sourcils coupés

Une autre chose que Sophie désirait beaucoup, c'était d'avoir des sourcils très épais. On avait dit un jour devant elle que la petite Louise de Berg serait jolie si elle avait des sourcils. Sophie en avait peu et ils étaient blonds, de sorte qu'on ne les voyait pas beaucoup. Elle avait entendu dire aussi que, pour faire épaissir et grandir les cheveux, il fallait les couper souvent.

Sophie se regarda un jour à la glace, et trouva que ses sourcils étaient trop maigres.

« Puisque, dit-elle, les cheveux deviennent plus épais quand on les coupe, les sourcils, qui sont de petits cheveux, doivent faire de même. Je vais donc les couper pour qu'ils repoussent très épais. »

Et voilà Sophie qui prend des ciseaux et qui coupe ses sourcils aussi court que possible. Elle se regarde dans la glace, trouve que cela lui fait une figure toute drôle, et n'ose pas rentrer au salon.

« J'attendrai, dit-elle, que le dîner soit servi ; on ne pensera pas à me regarder pendant qu'on se mettra à table. »

Mais sa maman, ne la voyant pas venir, envoya le cousin Paul pour la chercher.

« Sophie, Sophie, es-tu là ? s'écria Paul en entrant. Que fais-tu ? viens dîner.

— Oui, oui, j'y vais », répondit Sophie en marchant à reculons, pour que Paul ne vît pas ses sourcils coupés.

Sophie pousse la porte et entre.

A peine a-t-elle mis les pieds dans le salon, que tout le monde la regarde et éclate de rire.

« Quelle figure ! dit M. de Réan.

— Elle a coupé ses sourcils, dit Mme de Réan.

— Qu'elle est drôle ! qu'elle est drôle ! dit Paul.

— C'est étonnant comme ses sourcils coupés la changent, dit M. d'Aubert, le papa de Paul.

— Je n'ai jamais vu une plus singulière figure », dit Mme d'Aubert.

Sophie restait les bras pendants, la tête baissée, ne sachant où se cacher. Aussi fut-elle presque contente quand sa maman lui dit :

« Allez-vous-en dans votre chambre, mademoiselle, vous ne faites que des sottises. Sortez, et que je ne vous voie plus de la soirée. »

Sophie s'en alla ; sa bonne se mit à rire à son tour quand elle vit cette grosse figure toute rouge et sans sourcils. Sophie eut beau se fâcher, toutes les personnes qui la voyaient riaient aux éclats et lui conseillaient de dessiner avec du charbon la place de ses sourcils. Un jour Paul lui apporta un tout petit paquet bien ficelé, bien cacheté.

« Voici, Sophie, un présent que t'envoie papa, dit Paul d'un petit air malicieux.

— Qu'est-ce que c'est ? » dit Sophie, en prenant le paquet avec empressement.

Le paquet fut ouvert : il contenait deux énormes sourcils bien noirs, bien épais. « C'est pour que tu les colles à la place où il n'y en a plus », dit Paul. Sophie rougit, se fâcha et les jeta au nez de Paul, qui s'enfuit en riant.

Ses sourcils furent plus de six mois à repousser, et ils ne revinrent jamais aussi épais que le désirait Sophie ; aussi depuis ce temps Sophie ne chercha plus à se faire de beaux sourcils.

IX
Le pain des chevaux

Sophie était gourmande. Sa maman savait que trop manger est mauvais pour la santé ; aussi défendait-elle à Sophie de manger entre ses repas : mais Sophie, qui

A DE CALOM

avait faim, mangeait tout ce qu'elle pouvait attraper.

Mme de Réan allait tous les jours après déjeuner, vers deux heures, donner du pain et du sel aux chevaux de M. de Réan ; il en avait plus de cent.

Sophie suivait sa maman avec un panier plein de morceaux de pain bis, et lui en présentait un dans

CASTELLI

chaque stalle où elle entrait ; mais sa maman lui défendait sévèrement d'en manger, parce que ce pain noir et mal cuit lui ferait mal à l'estomac.

Elle finissait par l'écurie des poneys. Sophie avait un poney à elle, que lui avait donné son papa : c'était un tout petit cheval noir, pas plus grand qu'un petit âne ;

on lui permettait de donner elle-même du pain à son poney. Souvent elle mordait dedans avant de le lui présenter.

Un jour qu'elle avait plus envie de ce pain bis que de coutume, elle prit le morceau dans ses doigts, de manière à n'en laisser passer qu'un petit bout.

« Le poney mordra ce qui dépasse mes doigts, dit-elle, et je mangerai le reste. »

Elle présenta le pain à son petit cheval, qui saisit le morceau et en même temps le bout du doigt de Sophie, qu'il mordit violemment. Sophie n'osa pas crier, mais la douleur lui fit lâcher le pain, qui tomba à terre : le cheval laissa alors le doigt pour manger le pain.

Le doigt de Sophie saignait si fort, que le sang coulait à terre. Elle tira son mouchoir et s'enveloppa le doigt bien serré, ce qui arrêta le sang, mais pas avant que le mouchoir eût été trempé. Sophie cacha sa main enveloppée sous son tablier, et la maman ne vit rien.

Mais, quand on se mit à table pour dîner, il fallut bien que Sophie montrât sa main, qui n'était pas encore assez guérie pour que le sang fût tout à fait arrêté. Il arriva donc qu'en prenant sa cuiller, son verre, son pain, elle tachait la nappe. Sa maman s'en aperçut.

« Qu'as-tu donc aux mains, Sophie ? dit-elle ; la nappe est remplie de taches de sang tout autour de ton assiette. »

Sophie ne répondit rien.

MADAME DE RÉAN

N'entends-tu pas ce que je te demande ? D'où vient le sang qui tache la nappe ?

SOPHIE

Maman,... c'est... c'est... de mon doigt.

54

Qu'as-tu au doigt ? Depuis quand y as-tu mal ?

SOPHIE

Depuis ce matin, maman. C'est mon poney qui m'a mordue.

MADAME DE RÉAN

Comment ce poney, qui est doux comme un agneau, a-t-il pu te mordre ?

SOPHIE

C'est en lui donnant du pain, maman.

MADAME DE RÉAN

Tu n'as donc pas mis le pain dans ta main toute grande ouverte, comme je te l'ai tant de fois recommandé ?

SOPHIE

Non, maman ; je tenais le pain dans mes doigts.

MADAME DE RÉAN

Puisque tu es si sotte, tu ne donneras plus de pain à ton cheval.

Sophie se garda bien de répondre ; elle pensa qu'elle aurait toujours le panier dans lequel on mettait le pain pour les chevaux, et qu'elle en prendrait par-ci par-là un morceau.

Le lendemain donc, elle suivait sa maman dans les écuries, et, tout en lui présentant les morceaux de pain, elle en prit un, qu'elle cacha dans sa poche et qu'elle mangea pendant que sa maman ne la regardait pas.

Quand on arriva au dernier cheval, il n'y avait plus rien à lui donner. Le palefrenier assura qu'il avait mis dans le panier autant de morceaux qu'il y avait de chevaux. La maman lui fit voir qu'il en manquait un.

Tout en parlant, elle regarda Sophie, qui, la bouche pleine, se dépêchait d'avaler la dernière bouchée du morceau qu'elle avait pris. Mais elle eut beau se dépêcher et avaler son pain sans même se donner le temps de le mâcher, la maman vit bien qu'elle mangeait et que c'était tout juste le morceau qui manquait ; le cheval attendait son pain et témoignait son impatience en grattant la terre du pied et en hennissant.

« Petite gourmande, dit Mme de Réan, pendant que je ne vous regarde pas, vous volez le pain de mes pauvres chevaux et vous me désobéissez, car vous savez combien de fois je vous ai défendu d'en manger. Allez dans votre chambre, mademoiselle ; vous ne viendrez plus avec moi donner à manger aux chevaux, et je ne vous enverrai pour votre dîner que du pain et de la soupe au pain, puisque vous l'aimez tant. »

Sophie baissa tristement la tête et alla à pas lents à la maison et dans sa chambre.

« Hé bien ! hé bien ! lui dit sa bonne, vous voilà encore avec un visage triste ? Êtes-vous encore en pénitence ? Quelle nouvelle sottise avez-vous faite ?

— J'ai seulement mangé du pain des chevaux, répondit Sophie en pleurant ; je l'aime tant ! Le panier était si plein que je croyais que maman ne s'en apercevrait pas. Je n'aurai que de la soupe et du pain sec à dîner », ajouta-t-elle en pleurant plus fort.

La bonne la regarda avec pitié et soupira. Elle gâtait Sophie ; elle trouvait que sa maman était quelquefois trop sévère, et elle cherchait à la consoler et à rendre ses punitions moins dures. Aussi, quand un domestique apporta la soupe, le morceau de pain et le verre d'eau qui devaient faire le dîner de Sophie, elle les prit avec humeur, les posa sur une table et alla ouvrir une armoire, d'où elle tira un gros morceau de fromage et un pot de confitures ; puis elle dit à Sophie :

« Tenez, mangez d'abord le fromage avec votre pain,

puis les confitures. » Et, voyant que Sophie hésitait, elle ajouta : « Votre maman ne vous envoie que du pain, mais elle ne m'a pas défendu de mettre quelque chose dessus.

Mais, quand maman me demandera si on m'a donné quelque autre chose avec mon pain, il faudra bien le dire, et alors...

LA BONNE

Alors, alors vous direz que je vous ai donné du fromage et des confitures, que je vous ai ordonné d'en manger, et je me charge de lui expliquer que je n'ai pas voulu vous laisser manger votre pain sec, parce que cela ne vaut rien pour l'estomac, et qu'on donne aux prisonniers même autre chose que du pain. »

La bonne faisait très mal en conseillant à Sophie de manger en cachette ce que sa maman lui défendait ; mais Sophie, qui était bien jeune et qui avait envie du fromage qu'elle aimait beaucoup et des confitures qu'elle aimait plus encore, obéit avec plaisir et fit un excellent dîner ; sa bonne ajouta un peu de vin à son eau, et, pour remplacer le dessert, lui donna un verre d'eau et de vin sucré, dans lequel Sophie trempa ce qui lui restait de pain.

« Savez-vous ce qu'il faudra faire une autre fois, quand vous serez punie ou que vous aurez envie de manger ? Venez me le dire ; je trouverai bien quelque chose de bon à vous donner, et qui vaudra mieux que ce mauvais pain noir des chevaux et des chiens. »

Sophie promit à sa bonne qu'elle n'oublierait pas sa recommandation chaque fois qu'elle aurait envie de quelque chose de bon.

X
La crème
et le pain chaud

Sophie était gourmande, nous l'avons déjà dit ; elle n'oublia donc pas ce que sa bonne lui avait recommandé, et, un jour qu'elle avait peu déjeuné, parce qu'elle avait su que la fermière devait apporter quelque chose de bon à sa bonne, elle lui dit qu'elle avait faim.

« Ah bien ! répondit la bonne, cela se trouve à merveille : la fermière vient de me faire cadeau d'un grand pot de crème et d'un pain bis tout frais. Je vais vous en faire manger ; vous verrez comme c'est bon ! »

Et elle apporta sur la table un pain tout chaud et un grand vase plein d'une crème épaisse excellente. Sophie se jeta dessus comme une affamée. Au moment même où la bonne lui disait de ne pas trop en manger, elle entendit la voix de la maman qui appelait : « Lucie ! Lucie ! » (C'était le nom de la bonne.)

Lucie courut tout de suite chez Mme de Réan pour savoir ce qu'elle désirait ; c'était pour lui dire de préparer et de commencer un ouvrage pour Sophie.

« Elle aura bientôt quatre ans, dit Mme de Réan, il est temps qu'elle apprenne à travailler.

LA BONNE

Mais quel ouvrage madame veut-elle que fasse une enfant si jeune ?

MADAME DE RÉAN

Préparez-lui une serviette à ourler, ou un mouchoir. »

La bonne ne répondit rien, et sortit du salon d'assez mauvaise humeur.

En entrant chez elle, elle vit Sophie qui mangeait encore. Le pot de crème était presque vide et il manquait un énorme morceau de pain.

« Ah ! mon Dieu ! s'écria-t-elle tout en préparant un ourlet pour Sophie, vous allez vous rendre malade ! Est-il possible que vous ayez avalé tout cela ? Que dira votre maman, si elle vous voit souffrante ? Vous allez me faire gronder !

SOPHIE

Soyez tranquille, ma bonne ! j'avais très grand'faim, et je ne serai pas malade. C'est si bon, la crème et le pain tout chaud !

LA BONNE

Oui, mais c'est bien lourd à l'estomac. Dieu ! quel énorme morceau de pain vous avez mangé ! J'ai peur, très peur que vous soyez malade.

Non, ma chère Lucie, soyez tranquille, je vous assure que je me porte très bien. »

La bonne lui donna un petit mouchoir à ourler et lui dit de le porter à sa maman, qui voulait la faire travailler.

Sophie courut au salon où l'attendait sa maman, et lui présenta le mouchoir. La maman montra à Sophie comment il fallait piquer et tirer l'aiguille ; ce fut très mal fait pour commencer ; mais, après quelques points, elle fit assez bien et trouva que c'était très amusant de travailler.

« Voulez-vous me permettre, maman, dit-elle, de montrer mon ouvrage à ma bonne ?

— Oui, tu peux y aller, et ensuite tu reviendras ranger toutes tes affaires et jouer dans ma chambre. »

Sophie courut chez sa bonne, qui fut fort étonnée de voir l'ourlet presque fini et si bien fait. Elle lui demanda avec inquiétude si elle n'avait pas mal à l'estomac.

« Non, ma bonne, pas du tout, dit Sophie ; seulement je n'ai pas faim.

— Je le crois bien, après tout ce que vous avez mangé. Mais retournez vite près de votre maman, de crainte qu'elle ne vous gronde. »

Sophie retourna au salon, rangea toutes ses affaires et se mit à jouer. Tout en jouant, elle se sentit mal à l'aise, la crème et le pain chaud lui pesaient sur l'estomac ; elle avait mal à la tête ; elle s'assit sur sa petite chaise et resta sans bouger et les yeux fermés.

La maman, n'entendant plus de bruit, se retourna et vit Sophie pâle et l'air souffrant.

« Qu'as-tu, Sophie ? dit-elle avec inquiétude ; es-tu malade ?

— Je suis souffrante, maman, répondit-elle ; j'ai mal à la tête.

« — Depuis quand donc ?

— Depuis que j'ai fini de ranger mon ouvrage.

— As-tu mangé quelque chose ? »

Sophie hésita et répondit bien bas :

« Non, maman, rien du tout.

— Je vois que tu mens ; je vais aller le demander à ta bonne, qui me le dira. »

La maman sortit et resta quelques minutes absente. Quand elle revint, elle avait l'air très fâché.

« Vous avez menti, mademoiselle ; votre bonne m'a avoué qu'elle vous avait donné du pain chaud et de la crème, et que vous en aviez mangé comme une gloutonne. Tant pis pour vous, parce que vous allez être malade et que vous ne pourrez pas venir dîner demain chez votre tante d'Aubert, avec votre cousin Paul. Vous y auriez vu Camille et Madeleine de Fleurville ; mais, au lieu de vous amuser, de courir dans les bois pour chercher des fraises, vous resterez toute seule à la maison et vous ne mangerez que de la soupe. »

Mme de Réan prit la main de Sophie, la trouva brûlante et l'emmena pour la faire coucher.

« Je vous défends, dit-elle à la bonne, de rien donner à manger à Sophie jusqu'à demain ; faites-lui boire de l'eau ou de la tisane de feuilles d'oranger, et, si jamais vous recommencez ce que vous avez fait ce matin, je vous renverrai immédiatement. »

La bonne se sentait coupable ; elle ne répondit pas. Sophie, qui était réellement malade, se laissa mettre dans son lit sans rien dire. Elle passa une mauvaise nuit, très agitée ; elle souffrait de la tête et de l'estomac ; vers le matin elle s'endormit. Quand elle se réveilla, elle avait encore un peu mal à la tête, mais le grand air lui fit du bien. La journée se passa tristement pour elle à regretter le dîner de sa tante.

Pendant deux jours encore, elle fut souffrante. Depuis ce temps elle prit en tel dégoût la crème et le pain chaud, qu'elle n'en mangea jamais.

Elle allait quelquefois avec son cousin et ses amies chez les fermières du voisinage ; tout le monde autour d'elle mangeait avec délices de la crème et du pain bis, Sophie seule ne mangeait rien ; la vue de cette bonne crème épaisse et mousseuse et de ce pain de ferme lui rappelait ce qu'elle avait souffert pour en avoir trop mangé, et lui donnait mal au cœur. Depuis ce temps aussi elle n'écouta plus les conseils de sa bonne, qui ne resta pas longtemps dans la maison. Mme de Réan, n'ayant plus confiance en elle, en prit une autre, qui était très bonne, mais qui ne permettait jamais à Sophie de faire ce que sa maman lui défendait.

XI
L'écureuil

Un jour Sophie se promenait avec son cousin Paul dans le petit bois de chênes qui était tout près du château ; ils cherchaient tous deux des glands pour en faire des paniers, des sabots, des bateaux. Tout à coup Sophie sentit un gland qui lui tombait sur le dos ; pendant qu'elle se baissait pour le ramasser, un autre gland vint lui tomber sur le bout de l'oreille.

« Paul, Paul, dit-elle, viens donc voir ces glands qui sont tombés sur moi : ils sont rongés. Qui est-ce qui a pu les ronger là-haut ? Les souris ne grimpent pas aux arbres, et les oiseaux ne mangent pas de glands. »

Paul prit les glands, les regarda ; puis il leva la tête et s'écria :

« C'est un écureuil ; je le vois ; il est tout en haut sur une branche ; il nous regarde comme s'il se moquait de nous. »

Sophie regarda en l'air et vit un joli petit écureuil, avec une superbe queue relevée en panache. Il se nettoyait la figure avec ses petites pattes de devant ; de temps en temps il regardait Sophie et Paul, faisait une gambade et sautait sur une autre branche.

« Que je voudrais avoir cet écureuil ! dit Sophie. Comme il est gentil et comme je m'amuserais à jouer avec lui, à le mener promener, à le soigner.

PAUL

Ce ne serait pas difficile de l'attraper : mais les écureuils sentent mauvais dans une chambre, et puis ils rongent tout.

SOPHIE

Oh ! je l'empêcherais bien de ronger, parce que j'en-fermerais toutes mes affaires ; et il ne sentirait pas mauvais, parce que je nettoierais sa cage deux fois par jour. Mais comment ferais-tu pour le prendre ?

PAUL

J'aurais une cage un peu grande ; je mettrais dedans des noix, des noisettes, des amandes, tout ce que les écureuils aiment le mieux, j'apporterais la cage près de ce chêne ; je laisserais la porte ouverte ; j'y attacherais une ficelle pour fermer la porte, et l'écureuil serait pris.

SOPHIE

Mais l'écureuil ne voudra peut-être pas entrer dans la cage ; cela lui fera peur.

PAUL

Oh ! il n'y a pas de danger : les écureuils sont gour-mands, il ne résistera pas aux amandes et aux noix.

Attrape-le-moi, je t'en prie, mon cher Paul ; je serai si contente !

PAUL

Mais ta maman, que dira-t-elle ? Elle ne voudra peut-être pas.

SOPHIE

Elle le voudra ; nous le lui demanderons tant et tant, tous les deux, qu'elle consentira. »

Les deux enfants coururent à la maison ; Paul se chargea d'expliquer l'affaire à Mme de Réan, qui refusa d'abord, mais qui finit par consentir en disant à Sophie :

« Je te préviens que ton écureuil t'ennuiera bientôt : il grimpera partout ; il rongera tes livres, tes joujoux ; il sentira mauvais, il sera insupportable.

SOPHIE

Oh non ! maman ; je vous promets de le si bien garder, qu'il ne gâtera rien.

MADAME DE RÉAN

Je ne veux pas de ton écureuil au salon ni dans ma chambre, d'abord ; tu le garderas toujours dans la tienne.

SOPHIE

Oui, maman, il restera chez moi, excepté quand je le mènerai promener. »

Sophie et Paul coururent tout joyeux chercher une cage ; ils en trouvèrent une au grenier, qui avait servi jadis à un écureuil. Ils l'emportèrent, la nettoyèrent avec l'aide de la bonne, et mirent dedans des amandes fraîches, des noix et des noisettes.

A présent, allons vite porter la cage sous le chêne.
Pourvu que l'écureuil y soit encore !

PAUL

Attends que j'attache une ficelle à la porte. Il faut
que je la passe dans les barreaux, pour que la porte se
ferme quand je tirerai.

SOPHIE

J'ai peur que l'écureuil ne soit parti.

PAUL

Non ; il va rester là ou tout auprès jusqu'à la nuit.
Là,... c'est fini ; tire la ficelle, pour voir si c'est bien.

Sophie tira, la porte se referma tout de suite. Les
enfants, enchantés, allèrent porter la cage dans le petit
bois ; arrivés près du chêne, ils regardèrent si l'écureuil
y était ; ils ne virent rien ; ni les feuilles ni les branches
ne remuaient. Les enfants, désolés, allaient chercher
sous d'autres chênes, lorsque Sophie reçut sur le front
un gland rongé comme ceux du matin.

« Il y est, il y est ! s'écria-t-elle. Le voilà ; je vois le bout de sa queue qui sort derrière cette branche touffue. »

En effet, l'écureuil, entendant parler, avança sa petite tête pour voir ce qui se passait.

« C'est bien, mon cher ami, dit Paul. Te voilà : tu seras bientôt en prison. Tiens, voilà des provisions que nous t'apportons ; sois gourmand, mon ami, sois gourmand ; tu verras comme on est puni de la gourmandise. »

Le pauvre écureuil, qui ne s'attendait pas à devenir un malheureux prisonnier, regardait d'un air moqueur, en faisant aller sa tête de droite et de gauche. Il vit la cage que Paul posait à terre, et jeta un œil d'envie sur les amandes et les noix. Quand les enfants se furent cachés derrière le tronc du chêne, il descendit deux ou trois branches, s'arrêta, regarda de tous côtés, descendit encore un peu, et continua ainsi à descendre petit à petit, jusqu'à ce qu'il fût sur la cage. Il passa une patte à travers les barreaux, puis l'autre ; mais, comme il ne pouvait rien attraper et que les amandes lui paraissaient de plus en plus appétissantes, il chercha le moyen d'entrer dans la cage, et il ne fut pas longtemps à trouver la porte ; il s'arrêta à l'entrée, regarda la ficelle d'un air méfiant, allongea encore une patte pour atteindre les amandes ou les noix : mais, ne pouvant y parvenir, il se hasarda enfin à entrer dans la cage. A peine y fut-il, que les enfants, qui regardaient du coin de l'œil et qui avaient suivi avec un battement de cœur les mouvements de l'écureuil, tirèrent la ficelle, et l'écureuil fut pris. La frayeur lui fit jeter l'amande qu'il commençait à grignoter, et il se mit à tourner autour de la cage pour s'échapper. Hélas ! le pauvre petit animal devait payer cher sa gourmandise et rester prisonnier ! Les enfants se précipitèrent sur la cage ; Paul ferma soigneusement la porte et emporta la cage dans la chambre de Sophie. Elle courait en avant et appela sa bonne d'un air triomphant pour lui faire voir son nouvel ami.

La bonne ne fut pas contente de ce petit élève.

« Que ferons-nous de cet animal ? dit-elle. Il va nous mordre et nous faire un bruit insupportable. Quelle idée avez-vous eue, Sophie, de nous embarrasser de cette vilaine bête ?

SOPHIE

D'abord, ma bonne, elle n'est pas vilaine : l'écureuil est une très jolie bête. Ensuite il ne fera pas de bruit du tout et il ne nous mordra pas. C'est moi qui le soignerai.

LA BONNE

En vérité, je plains le pauvre animal ; vous le laisserez bientôt mourir de faim.

SOPHIE, *avec indignation*

Mourir de faim ! certainement non ; je lui donnerai des noisettes, des amandes, du pain, du sucre, du vin.

LA BONNE, *d'un air moqueur*

Voilà un écureuil qui sera bien nourri ! Le sucre lui gâtera les dents, et le vin l'enivrera.

PAUL, *riant*

Ha ! ha ! ha ! un écureuil ivre ! Ce sera bien drôle.

SOPHIE

Pas du tout, monsieur ; mon écureuil ne sera pas ivre. Il sera très raisonnable.

LA BONNE

Nous verrons cela. Je vais d'abord lui apporter du foin, pour qu'il puisse se coucher. Il a l'air tout effaré : je ne crois pas qu'il soit content de s'être laissé prendre.

Je vais le caresser pour l'habituer à moi et pour lui faire voir qu'on ne lui fera pas de mal. »

Sophie passa sa main dans la cage : l'écureuil, effrayé, se sauva dans un coin. Sophie allongea la main pour le saisir : au moment où elle allait le prendre, l'écureuil lui mordit le doigt. Sophie se mit à crier et retira promptement sa main pleine de sang. La porte restant ouverte, l'écureuil se précipita hors de sa cage et se mit à courir dans la chambre. La bonne et Paul coururent après ; mais, quand ils croyaient l'avoir attrapé, l'écureuil faisait un saut, s'échappait, et continuait à galoper dans la chambre ; Sophie, oubliant son doigt qui saignait, voulut les aider. Ils continuèrent leur chasse pendant une demi-heure ; l'écureuil commençait à être fatigué et il allait être pris, lorsqu'il aperçut la fenêtre qui était restée ouverte : aussitôt il s'élança dessus, grimpa le long du mur en dehors de la fenêtre, et se trouva sur le toit.

Sophie, Paul et la bonne descendirent au jardin en courant ; levant la tête, ils aperçurent l'écureuil perché sur le toit, à moitié mort de fatigue et de peur.

« Que faire, ma bonne, que faire ? s'écria Sophie.

— Il faut le laisser, dit la bonne. Vous voyez bien qu'il vous a déjà mordue.

SOPHIE

C'est parce qu'il ne me connaît pas encore, ma bonne ; mais, quand il verra que je lui donne à manger, il m'aimera.

PAUL

Je crois qu'il ne t'aimera jamais, parce qu'il est trop vieux pour s'habituer à rester enfermé. Il aurait fallu en avoir un tout jeune.

SOPHIE

Oh ! Paul, jette-lui des balles, je t'en prie, pour le faire descendre. Nous le rattraperons et nous le renfermerons.

PAUL

Je le veux bien, mais je ne crois pas qu'il veuille descendre. »

Et voilà Paul qui va chercher un gros ballon et qui le lance si adroitement qu'il attrape l'écureuil à la tête. Le ballon descend en roulant, et après lui le pauvre écureuil ; tous deux tombent à terre ; le ballon bondit et rebondit, mais l'écureuil se brise en touchant à terre et reste mort, la tête ensanglantée, les reins et les pattes cassés. Sophie et Paul courent pour le ramasser et restent stupéfaits devant le pauvre animal mort.

« Méchant Paul, dit Sophie, tu as fait mourir mon écureuil.

PAUL

C'est ta faute, pourquoi as-tu voulu que je le fisse descendre en lui lançant des balles ?

SOPHIE

Il fallait seulement lui faire peur et non le tuer.

PAUL

Mais je n'ai pas voulu le tuer ; le ballon l'a attrapé, je ne croyais pas être si adroit.

SOPHIE

Tu n'es pas adroit, tu es méchant. Va-t'en, je ne t'aime plus du tout.

PAUL

Et moi, je te déteste. Tu es plus sotte que l'écureuil. Je suis enchanté de t'avoir empêchée de le tourmenter.

SOPHIE

Vous êtes un mauvais garçon, monsieur. Je ne jouerai jamais avec vous : je ne vous demanderai jamais rien.

PAUL

Tant mieux, mademoiselle : je ne serai que plus tranquille, et je n'aurai plus à me creuser la tête pour vous aider à faire des sottises.

LA BONNE

Voyons, mes enfants, au lieu de vous disputer, avouez que vous avez agi tous deux sans réflexion et que vous êtes tous deux coupables de la mort de l'écureuil. Pauvre bête ! il est plus heureux que s'il était resté vivant, car il ne souffre plus, du moins. Je vais appeler quelqu'un pour qu'on l'emporte et qu'on le jette dans quelque fossé, et vous, Sophie, montez dans votre chambre et trempez votre doigt dans l'eau ; je vais vous y rejoindre. »

Sophie s'en alla suivie de Paul, qui était un bon petit garçon, sans rancune, de sorte qu'au lieu de bouder il aida Sophie à verser de l'eau dans une cuvette et à y tremper sa main. Quand la bonne monta, elle enveloppa le doigt de Sophie de quelques feuilles de laitue et d'un petit chiffon. Les enfants étaient un peu honteux, en rentrant au salon pour dîner, d'avoir à raconter la fin de leur aventure de l'écureuil.

Les papas et les mamans se moquèrent d'eux. La cage de l'écureuil fut reportée au grenier. Le doigt de Sophie lui fit mal encore pendant quelques jours, après lesquels elle ne pensa plus à l'écureuil que pour se dire qu'elle n'en aurait jamais.

XII
Le thé

C'était le 19 juillet, jour de la naissance de Sophie ; elle avait quatre ans. Sa maman lui faisait toujours un joli présent ce jour-là, mais elle ne lui disait jamais d'avance ce qu'elle lui donnerait. Sophie s'était levée plus tôt que d'habitude ; elle se dépêchait de s'habiller pour aller chez sa maman recevoir son cadeau.

« Vite, vite, ma bonne, je vous en prie, disait-elle ; j'ai si envie de savoir ce que maman me donnera pour ma fête !

LA BONNE

Mais donnez-moi le temps de vous peigner. Vous ne pouvez pas vous en aller tout ébouriffée comme vous êtes. Ce serait une jolie manière de commencer vos quatre ans !... Tenez-vous donc tranquille, vous bougez toujours.

SOPHIE

Aïe, aïe, vous m'arrachez les cheveux, ma bonne.

LA BONNE

Parce que vous tournez la tête de tous les côtés ; là,... encore ! comment puis-je deviner de quel côté il vous plaira de tourner la tête ? »

Enfin Sophie fut habillée, peignée, et elle put courir chez sa maman.

« Te voilà de bien bonne heure, Sophie, dit la maman en souriant. Je vois que tu n'as pas oublié tes quatre ans et le cadeau que je te dois. Tiens, voici un livre, tu y trouveras de quoi t'amuser. »

Sophie remercia sa maman d'un air embarrassé, et prit le livre, qui était en maroquin rouge.

« Que ferai-je de ce livre ? pensa-t-elle. Je ne sais pas lire ; à quoi me servira-t-il ? »

La maman la regardait et riait.

« Tu ne parais pas contente de mon présent, lui dit-elle ; c'est pourtant très joli ; il y a écrit dessus : *les Arts*. Je suis sûre qu'il t'amusera plus que tu ne le penses.

SOPHIE

Je ne sais pas, maman.

LA MAMAN

Ouvre-le, tu verras. »

Sophie voulut ouvrir le livre ; à sa grande surprise elle ne le put pas ; ce qui l'étonna plus encore, c'est qu'en le retournant il se faisait dans le livre un bruit étrange. Sophie regarda sa maman d'un air étonné. Mme de Réan rit plus fort et lui dit :

« C'est un livre extraordinaire ; il n'est pas comme tous les livres qui s'ouvrent tout seuls ; celui-ci ne s'ouvre que lorsqu'on appuie le pouce sur le milieu de la tranche. »

La maman appuya un peu le pouce ; le dessus s'ouvrit, et Sophie vit avec bonheur que ce n'était pas un livre, mais une charmante boîte à couleurs, avec des pinceaux, des godets et douze petits cahiers, pleins de charmantes images à peindre.

« Oh ! merci, ma chère maman, s'écria Sophie. Que je suis contente ! Comme c'est joli !

LA MAMAN

Tu étais un peu attrapée tout à l'heure, quand tu as cru que je te donnais un vrai livre ; mais je ne t'aurais pas joué un si mauvais tour. Tu pourras t'amuser à peindre dans la journée avec ton cousin Paul et tes amies Camille et Madeleine, que j'ai engagées à venir passer la journée avec toi : elles viendront à deux heures. Ta tante d'Aubert m'a chargée de te donner de sa part ce petit thé ; elle ne pourra venir qu'à trois heures, et elle a voulu te faire son cadeau dès le matin. »

L'heureuse Sophie prit le plateau avec les six tasses, la théière, le sucrier et le pot à crème en argent. Elle demanda la permission de faire un vrai thé pour ses amies.

« Non, lui dit Mme de Réan, vous répandriez la crème partout, vous vous brûleriez avec le thé. Faites semblant d'en prendre, ce sera tout aussi amusant. »

Sophie ne dit rien, mais elle n'était pas contente.

« A quoi me sert un ménage, se dit-elle, si je ne puis rien mettre dedans ? Mes amies se moqueront de moi.

Il faut que je cherche quelque chose pour remplir tout cela. Je vais demander à ma bonne. »

Sophie dit à sa maman qu'elle allait montrer tout cela à sa bonne ; elle emporta sa boîte et son thé et courut dans sa chambre.

SOPHIE

Tenez, ma bonne, voyez les jolies choses que m'ont données maman et ma tante d'Aubert.

LA BONNE

Le joli ménage ! vous vous amuserez bien avec. Mais je n'aime pas beaucoup ce livre ; à quoi vous servira un livre, puisque vous ne savez pas lire ?

SOPHIE, *riant*

Bravo ! voilà ma bonne attrapée comme moi. Ce n'est pas un livre, c'est une boîte à couleurs. »

Et Sophie ouvrit la boîte, que la bonne trouva charmante. Après avoir causé sur ce qu'on ferait dans la journée, Sophie dit qu'elle avait voulu donner du thé à ses amies, mais que sa maman ne l'avait pas permis.

« Que mettrais-je dans ma théière, dans mon sucrier et dans mon pot à crème ? Ne pourriez-vous pas, ma chère petite bonne, m'aider un peu et me donner quelque chose que je puisse faire manger à mes amies ?

— Non, ma pauvre petite, répondit la bonne : c'est impossible. Souvenez-vous que votre maman m'a dit qu'elle me renverrait si je vous donnais quelque chose à manger quand elle l'avait défendu. »

Sophie soupira et resta pensive ; petit à petit son visage s'éclaircit, elle avait une idée ; nous allons voir si l'idée était bonne. Sophie joua, puis déjeuna ; en revenant de la promenade avec sa maman, elle dit qu'elle allait tout préparer pour l'arrivée de ses amies. Elle mit la boîte à couleurs sur une petite table. Sur une autre table elle arrangea les six tasses, et au milieu elle mit le sucrier, la théière ; ensuite elle alla prendre de l'eau dans l'assiette où on en mettait pour le chien de sa maman, et elle versa cette eau dans la théière.

« Là ! voilà le thé, dit-elle d'un air enchanté ; à présent je vais faire la crème. » Elle alla prendre un morceau de blanc qui servait pour nettoyer l'argenterie ; elle en racla un peu avec son petit couteau, le versa dans le pot à crème, qu'elle remplit de l'eau du chien, mêla bien avec une petite cuiller, et, quand l'eau fut bien blanche, elle replaça le pot sur la table. Il ne lui restait plus que le sucrier à remplir ; elle reprit la craie à argenterie, en cassa de petits morceaux avec son couteau, remplit le sucrier, qu'elle posa sur la table, et regarda le tout d'un air enchanté.

« Là ! dit-elle en se frottant les mains, voilà un superbe thé ; j'espère que j'ai de l'esprit ! Je parie que Paul ni aucune de mes amies n'auraient eu une si bonne invention... »

Sophie attendit ses amies encore une demi-heure, mais elle ne s'ennuya pas ; elle était si contente de son thé, qu'elle ne voulait pas s'en éloigner ; elle se promenait autour de la table, le regardant d'un air joyeux, se frottait les mains et répétait :

« Dieu ! que j'ai de l'esprit ! que j'ai de l'esprit ! »

Enfin Paul et les amies arrivèrent. Sophie courut au-devant d'eux, les embrassa tous et les emmena bien vite dans le petit salon pour leur montrer ses belles choses. La boîte à couleurs les attrapa d'abord comme elle avait attrapé Sophie et sa bonne. Ils trouvèrent le thé charmant et voulaient tout de suite commencer le repas, mais Sophie leur demanda d'attendre jusqu'à trois heures. Ils se mirent donc tous à peindre les images des petits livres : chacun avait le sien. Quand on se fut bien amusé avec la boîte à couleurs et qu'on eut tout rangé soigneusement :

« A présent, s'écria Paul, prenons le thé.

— Oui, oui, prenons le thé, répondirent toutes les petites filles ensemble.

CAMILLE

Voyons, Sophie, fais les honneurs.

SOPHIE

Asseyez-vous tous autour de la table... Là, c'est bien... Donnez-moi vos tasses, que j'y mette du sucre... A présent le thé,... puis la crème... Buvez maintenant.

MADELEINE

C'est singulier, le sucre ne fond pas.

SOPHIE

Mêle bien, il fondra.

PAUL

Mais ton thé est froid.

SOPHIE

C'est parce qu'il est fait depuis longtemps.

CAMILLE *goûte le thé et le rejette avec dégoût*

Ah ! quelle horreur ! Qu'est-ce que c'est ? Ce n'est pas du thé, cela !

MADELEINE, *le rejetant de même*

C'est détestable ! Cela sent la craie.

PAUL, *crachant à son tour*

Que nous as-tu donné là, Sophie ? C'est détestable, dégoûtant.

SOPHIE, *embarrassée*.

Vous trouvez...

PAUL

Comment, si nous trouvons ? Mais c'est affreux de nous jouer un tour pareil ! Tu mériterais que nous te fissions avaler ton détestable thé.

SOPHIE, *se fâchant*

Vous êtes tous si difficiles que rien ne vous semble bon !

CAMILLE, *souriant*

Avoue, Sophie, que, sans être difficile, on peut trouver ton thé très mauvais.

MADELEINE

Quant à moi, je n'ai jamais goûté à quelque chose d'aussi mauvais.

PAUL, *présentant la théière à Sophie*

Avale donc, avale : tu verras si nous sommes difficiles.

SOPHIE, *se débattant*

Laisse-moi, tu m'ennuies.

Ah ! nous sommes difficiles ! Ah ! tu trouves ton thé bon ! Bois-le donc ainsi que ta crème. »

Et Paul, saisissant Sophie, lui versa le thé dans la bouche ; il allait en faire autant de la prétendue crème, malgré les cris et la colère de Sophie, lorsque Camille et Madeleine, qui étaient très bonnes et qui avaient pitié d'elle, se précipitèrent sur Paul pour lui arracher le pot à la crème. Paul, qui était furieux, les repoussa ; Sophie en profita pour se dégager et pour tomber dessus à coups de poing. Camille et Madeleine tâchèrent alors de retenir Sophie ; Paul hurlait, Sophie criait, Camille et Madeleine appelaient au secours, c'était un train à assourdir ; les mamans accoururent effrayées. A leur aspect les enfants se tinrent tous immobiles.

« Que se passe-t-il donc ? » demanda Mme de Réan d'un air inquiet et sévère.

Personne ne répondit.

MADAME DE FLEURVILLE

Camille, explique-nous le sujet de cette bataille.

CAMILLE

Maman, Madeleine et moi nous ne nous battions avec personne.

MADAME DE FLEURVILLE

Comment ! vous ne vous battiez pas ? Toi tu tenais le bras de Sophie, et Madeleine tenait Paul par la jambe.

CAMILLE

C'était pour les empêcher de... de... jouer trop fort.

MADAME DE FLEURVILLE, *avec un demi-sourire*

Jouer ! tu appelles cela jouer !

Je vois que c'est Sophie et Paul qui se seront disputés comme à l'ordinaire ; Camille et Madeleine auront voulu les empêcher de se battre. J'ai deviné, n'est-ce pas, ma petite Camille ?

CAMILLE, *bien bas et rougissant*

Oui, madame.

MADAME D'AUBERT

N'êtes-vous pas honteux, monsieur Paul, de vous conduire ainsi ? A propos de rien vous vous fâchez, vous êtes prêt à vous battre...

PAUL

Ce n'est pas à propos de rien, maman ; Sophie a voulu nous faire boire un thé tellement détestable que nous avons eu mal au cœur en le goûtant, et, quand nous nous sommes plaints, elle nous a dit que nous étions trop difficiles. »

Mme de Réan prit le pot à la crème, le sentit, y goûta du bout de la langue, fit une grimace de dégoût et dit à Sophie :

« Où avez-vous pris cette horreur de prétendue crème, mademoiselle ?

SOPHIE, *la tête baissée et très honteuse*

Je l'ai faite, maman.

MADAME DE RÉAN

Vous l'avez faite ! et avec quoi ?... Répondez.

SOPHIE, *de même*

Avec le blanc à argenterie et l'eau du chien.

MADAME DE RÉAN

Et votre thé, qu'est-ce que c'était ?

Des feuilles de trèfle et de l'eau du chien.

Voilà un joli régal pour vos amies ! De l'eau sale, de la craie ! Vous commencez bien vos quatre ans, mademoiselle : en désobéissant quand je vous avais défendu de faire du thé, en voulant faire avaler à vos amies un soi-disant thé dégoûtant, et en vous battant avec votre cousin. Je reprends votre ménage, pour vous empêcher de recommencer, et je vous aurais envoyée dîner dans votre chambre, si je ne craignais de gâter le plaisir de vos petites amies, qui sont si bonnes qu'elles souffriraient de votre punition. »

Les mamans s'en allèrent en riant malgré elles du ridicule régal inventé par Sophie. Les enfants restèrent seuls ; Paul et Sophie, honteux de leur bataille, n'osaient pas se regarder. Camille et Madeleine les embrassèrent, les consolèrent et tâchèrent de les réconcilier. Sophie embrassa Paul, leur demanda pardon à tous, et tout fut oublié. On courut au jardin, où on attrapa huit superbes papillons, que Paul mit dans une boîte qui avait un couvercle de verre. Le reste de l'après-midi se passa à arranger la boîte, pour que les papillons fussent bien logés ; on leur mit de l'herbe, des fleurs, des gouttes d'eau sucrée, des fraises, des cerises. Quand le soir vint, et que chacun put partir, Paul emporta la boîte aux papillons, à la prière de Sophie, de Camille et de Madeleine, qui voyaient qu'il en avait envie.

XIII
Les loups

Sophie n'était pas très obéissante, nous l'avons bien vu dans les histoires que nous venons de lire ; elle aurait dû être corrigée, mais elle ne l'était pas encore : aussi lui arriva-t-il bien d'autres malheurs.

Le lendemain du jour où Sophie avait eu quatre ans, sa maman l'appela et lui dit :

« Sophie, je t'ai promis que, lorsque tu aurais quatre ans, tu viendrais avec moi faire mes grandes promenades du soir. Je vais partir pour aller à la ferme de Svitine en passant par la forêt ; tu vas venir avec moi ; seulement fais attention à ne pas te mettre en arrière ; tu sais que je marche vite, et, si tu t'arrêtais, tu pourrais rester bien loin derrière avant que je pusse m'en apercevoir. »

Sophie, enchantée de faire cette grande promenade, promit de suivre sa maman de tout près et de ne pas se laisser perdre dans le bois.

Paul, qui arriva au même instant, demanda à les accompagner, à la grande joie de Sophie.

Ils marchèrent bien sagement pendant quelque temps derrière Mme de Réan ; ils s'amusaient à voir courir et sauter quelques gros chiens qu'elle emmenait toujours avec elle.

Arrivés dans la forêt, les enfants cueillirent quelques fleurs qui étaient sur leur passage, mais ils les cueillaient sans s'arrêter.

Sophie aperçut tout près du chemin une multitude de fraisiers chargés de fraises.

« Les belles fraises ! s'écria-t-elle. Quel dommage de ne pas pouvoir les manger ! »

Mme de Réan entendit l'exclamation, et, se retournant, elle lui défendit encore de s'arrêter.

Sophie soupira et regarda d'un air de regret les belles fraises dont elle avait si envie.

« Ne les regarde pas, lui dit Paul, et tu n'y penseras plus.

SOPHIE

C'est qu'elles sont si rouges, si belles, si mûres, elles doivent être si bonnes !

PAUL

Plus tu les regarderas et plus tu en auras envie. Puisque ma tante t'a défendu de les cueillir, à quoi sert-il de les regarder ?

SOPHIE

J'ai envie d'en prendre seulement une : cela ne me retardera pas beaucoup. Reste avec moi, nous en mangerons ensemble.

PAUL

Non, je ne veux pas désobéir à ma tante, et je ne veux pas être perdu dans la forêt.

SOPHIE

Mais il n'y a pas de danger. Tu vois bien que c'est pour nous faire peur que maman l'a dit ; nous saurions bien retrouver notre chemin si nous restions derrière.

PAUL

Mais non : le bois est très épais, nous pourrions bien ne pas nous retrouver.

SOPHIE

Fais comme tu voudras, poltron ; moi, à la première place de fraises comme celles que nous venons de voir, j'en mangerai quelques-unes.

PAUL

Je ne suis pas poltron, mademoiselle, et vous, vous êtes une désobéissante et une gourmande : perdez-vous dans la forêt si vous voulez ; moi, j'aime mieux obéir à ma tante. »

Et Paul continua à suivre Mme de Réan, qui marchait assez vite et sans se retourner. Ses chiens l'entouraient et marchaient devant et derrière elle. Sophie aperçut bientôt une nouvelle place de fraises aussi belles que les premières ; elle en mangea une, qu'elle trouva délicieuse, puis une seconde, une troisième ; elle s'accroupit pour les cueillir plus à son aise et plus vite ; de temps en temps elle jetait un coup d'œil sur sa maman et sur Paul, qui s'éloignaient. Les chiens avaient l'air inquiet ; ils allaient vers le bois, ils revenaient ; ils finirent par se rapprocher tellement de Mme de Réan, qu'elle regarda ce qui causait leur frayeur, et elle aperçut dans le bois, au travers des feuilles, des yeux brillants et féroces. Elle entendit en même temps un bruit de branches cassées, de feuilles sèches. Se retournant pour recommander aux enfants de marcher devant elle, quelle fut sa frayeur de ne voir que Paul !

« Où est Sophie ? s'écria-t-elle.

PAUL

Elle a voulu rester en arrière pour manger des fraises, ma tante.

MADAME DE RÉAN

Malheureuse enfant ! qu'a-t-elle fait ? Nous sommes accompagnés par des loups. Retournons pour la sauver, s'il est encore temps ! »

Mme de Réan courut, suivie de ses chiens et du pauvre Paul terrifié, à l'endroit où devait être restée Sophie ; elle l'aperçut de loin assise au milieu des frai-

ses, qu'elle mangeait tranquillement. Tout à coup deux des chiens poussèrent un hurlement plaintif et coururent à toutes jambes vers Sophie. Au même moment un loup énorme, aux yeux étincelants, à la gueule ouverte, sortit sa tête hors du bois avec précaution. Voyant accourir les chiens, il hésita un instant ; croyant avoir le temps avant leur arrivée d'emporter Sophie dans la forêt pour la dévorer ensuite, il fit un bond prodigieux et s'élança sur elle. Les chiens, voyant le danger de leur petite maîtresse et excités par les cris d'épouvante de Mme de Réan et de Paul, redoublèrent de vitesse et vinrent tomber sur le loup au moment où il saisissait les jupons de Sophie pour l'entraîner dans le bois. Le loup, se sentant mordu par les chiens, lâcha Sophie et commença avec eux une bataille terrible ! La position des chiens devint très dangereuse par l'arrivée des deux autres loups qui avaient suivi Mme de Réan et qui accouraient aussi ; mais les chiens se battirent si vaillamment que les trois loups prirent bientôt la fuite. Les chiens, couverts de sang et de blessures, vinrent lécher les mains de Mme de Réan et des enfants, restés tremblants pendant le combat. Mme de Réan leur rendit leurs caresses et se remit en route, tenant chacun des enfants par la main et entourée de ses courageux défenseurs.

Mme de Réan ne disait rien à Sophie, qui avait de la peine à marcher, tant ses jambes tremblaient de la frayeur qu'elle avait eue. Le pauvre Paul était presque aussi pâle et aussi tremblant que Sophie. Ils sortirent enfin du bois et arrivèrent près d'un ruisseau.

« Arrêtons-nous là, dit Mme de Réan ; buvons tous un peu de cette eau fraîche, dont nous avons besoin pour nous remettre de notre frayeur. »

Et Mme de Réan, se penchant vers le ruisseau, en but quelques gorgées et jeta de l'eau sur son visage et sur ses mains. Les enfants en firent autant ; Mme de

Réan leur fit tremper la tête dans l'eau fraîche. Ils se sentirent ranimés, et leur tremblement se calma.

Les pauvres chiens s'étaient tous jetés dans l'eau ; ils buvaient, ils lavaient leurs blessures, ils se roulaient dans le ruisseau ; et ils sortirent de leur bain nettoyés et rafraîchis.

Au bout d'un quart d'heure, Mme de Réan se leva pour partir. Les enfants marchèrent près d'elle.

« Sophie, dit-elle, crois-tu que j'aie eu raison de te défendre de t'arrêter ?

SOPHIE

Oh oui ! maman ; je vous demande bien pardon de vous avoir désobéi ; et toi, mon bon Paul, je suis bien fâchée de t'avoir appelé *poltron*.

MADAME DE RÉAN

Poltron ! tu l'as appelé poltron ! Sais-tu que, lorsque nous avons couru vers toi, c'est lui qui courait en avant ? As-tu vu que, lorsque les autres loups arrivaient au secours de leur camarade, Paul, armé d'un bâton qu'il avait ramassé en courant, s'est jeté au-devant d'eux pour les empêcher de passer, et que c'est moi qui ai dû l'enlever dans mes bras et le retenir près de toi pour l'empêcher d'aller au secours des chiens ? As-tu remarqué aussi que, pendant tout le combat, il s'est toujours tenu devant toi pour empêcher les loups d'arriver jusqu'à nous ? Voilà comme Paul est poltron ! »

Sophie se jeta au cou de Paul et l'embrassa dix fois en lui disant : « Merci, mon bon Paul, mon cher Paul, je t'aimerai toujours de tout mon cœur. »

Quand ils arrivèrent à la maison, tout le monde s'étonna de leurs visages pâles et de la robe de Sophie déchirée par les dents du loup.

Mme de Réan raconta leur terrible aventure ;

chacun loua beaucoup Paul de son obéissance et de son courage, chacun blâma Sophie de sa désobéissance et de sa gourmandise, et chacun admira la vaillance des chiens, qui furent caressés et qui eurent un excellent dîner d'os et de restes de viande.

Le lendemain, Mme de Réan donna à Paul un uniforme complet de zouave ; Paul, fou de joie, le mit tout de suite et entra chez Sophie ; elle poussa un cri de frayeur en voyant entrer un Turc coiffé d'un turban, un sabre à la main, des pistolets à la ceinture. Mais, Paul s'étant mis à rire et à sauter, Sophie le reconnut et le trouva charmant avec son uniforme.

Sophie ne fut pas punie de sa désobéissance. Sa maman pensa qu'elle l'avait été assez par la frayeur qu'elle avait eue, et qu'elle ne recommencerait pas.

XIV
La joue écorchée

Sophie était colère ; c'est un nouveau défaut dont nous n'avons pas encore parlé.

Un jour elle s'amusait à peindre un de ses petits cahiers d'images, pendant que son cousin Paul découpait des cartes pour en faire des paniers à salade, des tables et des bancs. Ils étaient tous deux assis à une petite table en face l'un de l'autre ; Paul, en remuant les jambes, faisait remuer la table.

« Fais donc attention, lui dit Sophie d'un air impatienté ; tu pousses la table, je ne peux pas peindre. »

Paul prit garde pendant quelques minutes, puis il oublia et recommença à faire trembler la table.

« Tu es insupportable, Paul ! s'écria Sophie ; je t'ai déjà dit que tu m'empêchais de peindre.

PAUL

Ah bah ! pour les belles choses que tu fais, ce n'est pas la peine de se gêner.

SOPHIE

Je sais très bien que tu ne te gênes jamais ; mais, comme tu me gênes, je te prie de laisser tes jambes tranquilles.

Mes jambes n'aiment pas à rester tranquilles, elles bougent malgré moi.

SOPHIE, *fâchée*

Je les attacherai avec une ficelle, tes ennuyeuses jambes ; et, si tu continues à les remuer, je te chasserai.

PAUL

Essaie donc un peu ; tu verras ce que savent faire les pieds qui sont au bout de mes jambes.

SOPHIE

Vas-tu me donner des coups de pied, méchant ?

PAUL

Certainement, si tu me donnes des coups de poing. »

Sophie, tout à fait en colère, lance de l'eau à la figure de Paul, qui, se fâchant à son tour, donne un coup de pied à la table et renverse tout ce qui était dessus. Sophie s'élance sur Paul et lui griffe si fort la figure, que le sang coule de sa joue. Paul crie ; Sophie, hors d'elle-même, continue à lui donner des tapes et des coups de poing. Paul, qui n'aimait pas à battre Sophie, finit par se sauver dans un cabinet, où il s'enferme. Sophie a beau frapper à la porte, Paul n'ouvre pas. Sophie finit par se calmer. Quand sa colère est passée, elle commence à se repentir de ce qu'elle a fait ; elle se souvient que Paul a risqué sa vie pour la défendre contre les loups.

« Pauvre Paul, pensa-t-elle, comme j'ai été méchante pour lui ! Comment faire pour qu'il ne soit plus fâché ? Je ne voudrais pas demander pardon ; c'est ennuyeux de dire : "Pardonne-moi..." Pourtant, ajouta-t-elle après avoir un peu réfléchi, c'est bien plus honteux d'être méchant ! Et comment Paul me pardonnera-t-il, si je ne lui demande pas pardon ? »

Après avoir un peu réfléchi, Sophie se leva, alla frapper à la porte du cabinet où s'était enfermé Paul, mais cette fois pas avec colère, ni en donnant de grands coups de poing, mais doucement ; elle appela d'une voix bien humble : « Paul, Paul ! » Mais Paul ne répondit pas. « Paul, ajouta-t-elle, toujours d'une voix douce, mon cher Paul, pardonne-moi, je suis bien fâchée d'avoir été méchante. Paul, je t'assure que je ne recommencerai pas. »

La porte s'entr'ouvrit tout doucement, et la tête de Paul parut. Il regarda Sophie avec méfiance :

« Tu n'es plus en colère ? Bien vrai ? lui dit-il.

— Oh non ! non, bien sûr, cher Paul, répondit Sophie ; je suis bien triste d'avoir été si méchante. »

Paul ouvrit tout à fait la porte, et Sophie, levant les yeux, vit son visage tout écorché ; elle poussa un cri et se jeta au cou de Paul.

« Oh ! mon pauvre Paul, comme je t'ai fait mal ! Comme je t'ai griffé ! Que faire pour te guérir ?

— Ce ne sera rien, répondit Paul, cela passera tout seul. Cherchons une cuvette et de l'eau pour me laver. Quand le sang sera parti, il n'y aura plus rien du tout. »

Sophie courut avec Paul chercher une cuvette pleine d'eau ; mais il eut beau tremper son visage dans la cuvette, frotter et essuyer, les marques des griffes restaient toujours sur la joue. Sophie était désolée.

« Que va dire maman ? dit-elle. Elle sera en colère contre moi et elle me punira. »

Paul, qui était très bon, se désolait aussi ; il ne savait qu'imaginer pour ne pas faire gronder Sophie.

« Je ne peux pas dire que je suis tombé dans les

épines, dit-il, parce que ce ne serait pas vrai... Mais si,
... attends donc ; tu vas voir. »

Et voilà Paul qui part en courant ; Sophie le suit ; ils
entrent dans le petit bois près de la maison ; Paul se
dirige vers un buisson de houx, se jette dedans et se
roule de manière à avoir le visage piqué et écorché par
les pointes des feuilles. Il se relève plus écorché qu'auparavant.

Lorsque Sophie voit ce pauvre visage tout saignant,
elle se désole, elle pleure.

« C'est moi, dit-elle, qui suis cause de tout ce que tu
souffres, mon pauvre Paul ! C'est pour que je ne sois

pas punie que tu t'écorches plus encore que je ne l'avais fait dans ma colère. Oh ! cher Paul ! Comme tu es bon ! Comme je t'aime !

— Allons vite à la maison pour me laver encore le visage, dit Paul. N'aie pas l'air triste, ma pauvre Sophie. Je t'assure que je souffre très peu ; demain ce sera passé. Ce que je te demande seulement, c'est de ne pas dire que tu m'as griffé ; si tu le faisais, j'en serais fort triste et je n'aurais pas la récompense de mes piqûres de houx. Me le promets-tu ?

— Oui, dit Sophie en l'embrassant ; je ferai tout ce que tu voudras. »

Ils rentrèrent dans leur chambre, et Paul retrempa son visage dans l'eau.

Quand ils allèrent au salon, les mamans qui y étaient poussèrent un cri de surprise en voyant le visage écorché et bouffi du pauvre Paul.

« Où t'es-tu arrangé comme cela ? demanda Mme d'Aubert. Mon pauvre Paul, on dirait que tu t'es roulé dans les épines.

PAUL

C'est précisément ce qui m'est arrivé, maman. Je suis tombé, en courant, dans un buisson de houx, et, en me débattant pour me relever, je me suis écorché le visage et les mains.

MADAME D'AUBERT

Tu es bien maladroit d'être tombé dans ce houx, tu n'aurais pas dû te débattre, mais te relever bien doucement.

MADAME DE RÉAN

Où donc étais-tu, Sophie ? Tu aurais dû l'aider à se relever.

Elle courait après moi, ma tante ; elle n'a pas eu le temps de m'aider ; quand elle est arrivée, je m'étais déjà relevé. »

Mme d'Aubert emmena Paul pour mettre sur ses écorchures de la pommade de concombre.

Sophie resta avec sa maman, qui l'examinait avec attention.

MADAME DE RÉAN

Pourquoi es-tu triste, Sophie ?

SOPHIE, *rougissant*

Je ne suis pas triste, maman.

MADAME DE RÉAN

Si fait, tu es triste et inquiète comme si quelque chose te tourmentait.

SOPHIE, *les larmes aux yeux et la voix tremblante*

Je n'ai rien, maman ; je n'ai rien.

MADAME DE RÉAN

Tu vois bien que, même en me disant que tu n'as rien, tu es prête à pleurer.

SOPHIE, *éclatant en sanglots*

Je ne peux... pas... vous dire... J'ai... promis... à Paul.

MADAME DE RÉAN, *attirant Sophie*

Écoute, Sophie, si Paul a fait quelque chose de mal, tu ne dois pas tenir ta promesse de ne pas me le dire. Je te promets, moi, que je ne gronderai pas Paul, et que je ne le dirai pas à sa maman ; mais je veux savoir ce qui te rend si triste, ce qui te fait pleurer si fort, et tu dois me le dire. »

Sophie cache sa figure dans les genoux de Mme de

Réan, et sanglote si fort qu'elle ne peut pas parler.

Mme de Réan cherche à la rassurer, à l'encourager, et enfin Sophie lui dit :

« Paul n'a rien fait de mal, maman ; au contraire, il est très bon, et il a fait une très belle chose ; c'est moi seule qui ai été méchante, et c'est pour m'empêcher d'être grondée et punie qu'il s'est roulé dans le houx. »

Mme de Réan, de plus en plus surprise, questionna Sophie, qui lui raconta tout ce qui s'était passé entre elle et Paul.

« Excellent petit Paul ! s'écria Mme de Réan ; quel bon cœur il a ! Quel courage et quelle bonté ! Et toi, ma pauvre Sophie, quelle différence entre toi et ton cousin ! Vois comme tu te laisses aller à tes colères et comme tu es ingrate envers cet excellent Paul, qui te pardonne toujours, qui oublie toujours tes injustices, et qui, aujourd'hui encore, a été si généreux pour toi.

SOPHIE

Oh oui ! maman, je vois bien tout cela, et à l'avenir jamais je ne me fâcherai contre Paul.

MADAME DE RÉAN

Je n'ajouterai aucune réprimande ni aucune punition à celle que te fait subir ton cœur. Tu souffres du mal de Paul, et c'est ta punition : elle te profitera plus que toutes celles que je pourrais t'infliger. D'ailleurs tu as été sincère, tu as tout avoué quand tu pouvais tout cacher : c'est très bien, je te pardonne à cause de ta franchise. »

XV
Elisabeth

Sophie était assise un jour dans son petit fauteuil ; elle ne faisait rien et elle pensait.

« A quoi penses-tu ? lui demanda sa maman.

SOPHIE

Je pense à Élisabeth Chéneau, maman.

MADAME DE RÉAN

Et à propos de quoi penses-tu à elle ?

SOPHIE

C'est que j'ai remarqué hier qu'elle avait une grande écorchure au bras, et, quand je lui ai demandé comment elle s'était écorchée, elle a rougi, elle a caché son bras, elle m'a dit tout bas : "Tais-toi ; c'est pour me punir." Je cherche à comprendre ce qu'elle a voulu me dire.

MADAME DE RÉAN

Je vais te l'expliquer, si tu veux, car, moi aussi, j'ai remarqué cette écorchure, et sa maman m'a raconté comment elle se l'était faite. Écoute bien ; c'est un beau trait d'Élisabeth. »

Sophie, enchantée d'avoir une histoire à entendre, rapprocha son petit fauteuil de sa maman pour mieux écouter.

MADAME DE RÉAN

Tu sais qu'Élisabeth est très bonne, mais qu'elle est malheureusement un peu colère (Sophie baisse les yeux) ; il lui arrive même de taper sa bonne dans ses accès de colère. Elle en est désolée après, mais elle ne réfléchit qu'après, au lieu de réfléchir avant. Avant-hier elle repassait les robes et le linge de sa poupée ; sa bonne mettait les fers au feu, de peur qu'Élisabeth ne se brûlât. Élisabeth était ennuyée de ne pas les faire

CASTELLI   C. MAURAND

chauffer elle-même ; sa bonne le lui défendait, et l'arrê-tait toutes les fois qu'elle voulait mettre son fer au feu sans lui en rien dire. Enfin elle trouva moyen d'arriver à la cheminée, et elle allait placer son fer, lorsque la bonne la vit, retira le fer et lui dit : « Puisque vous ne m'écoutez pas, Élisabeth, vous ne repasserez plus ; je prends les fers et je les remets dans l'armoire. — Je

veux mes fers, cria Élisabeth ; je veux mes fers !
— Non, mademoiselle, vous ne les aurez pas. — Méchante Louise, rendez-moi mes fers, dit Élisabeth en colère. — Vous ne les aurez pas ; les voici enfermés", ajouta Louise en retirant la clef de l'armoire. Élisabeth, furieuse, voulut arracher la clef des mains de sa bonne, mais elle ne put y parvenir. Alors dans sa colère elle la griffa si fortement que le bras de Louise fut écorché et saigna. Quand Élisabeth vit le sang, elle fut désolée ; elle demanda pardon à Louise, elle lui baisait le bras, elle le bassinait avec de l'eau. Louise, qui est une très bonne femme, la voyant si affligée, l'assurait que son bras ne lui faisait pas mal. "Non, non, disait Élisabeth en pleurant, je mérite de souffrir comme je vous ai fait souffrir ; écorchez-moi le bras comme j'ai écorché le vôtre, ma bonne ; que je souffre ce que vous souffrez." Tu penses bien que la bonne ne voulut pas faire ce qu'Élisabeth lui demandait, et celle-ci ne dit plus rien. Elle fut très douce le reste du jour, et alla se coucher très sagement. Le lendemain, quand sa bonne la leva, elle vit du sang à son drap, et, regardant son bras, elle le vit horriblement écorché. "Qui est-ce qui vous a blessée ainsi, ma pauvre enfant ? s'écria-t-elle. — C'est moi-même, ma bonne, répondit Élisabeth, pour me punir de vous avoir griffée hier. Quand je me suis couchée, j'ai pensé qu'il était juste que je me fisse souffrir ce que vous souffriez, et je me suis griffé le bras jusqu'au sang." La bonne, attendrie, embrassa Élisabeth, qui lui promit d'être sage à l'avenir. Tu comprends maintenant ce que t'a dit Élisabeth et pourquoi elle a rougi ?

SOPHIE

Oui, maman, je comprends très bien. C'est très beau ce qu'Élisabeth a fait. Je pense qu'elle ne se mettra plus jamais en colère, puisqu'elle sait comme c'est mal.

MADAME DE RÉAN, *souriant*

Est-ce que tu ne fais jamais ce que tu sais être mal ?

SOPHIE, *embarrassée*

Mais moi, maman, je suis plus jeune : j'ai quatre ans, et Élisabeth en a cinq.

MADAME DE RÉAN

Cela ne fait pas une grande différence ; souviens-toi de ta colère il y a huit jours, contre ce pauvre Paul qui est si gentil.

SOPHIE

C'est vrai, maman ; mais je crois tout de même que je ne recommencerai pas et que je ne ferai plus ce que je sais être une chose mauvaise.

MADAME DE RÉAN

Je l'espère pour toi, Sophie, mais prends garde de te croire meilleure que tu n'es. Cela s'appelle orgueil, et tu sais que l'orgueil est un bien vilain défaut.

Sophie ne répondit pas, mais elle sourit d'un air satisfait qui voulait dire qu'elle serait certainement toujours sage.

La pauvre Sophie fut bientôt humiliée, car voici ce qui arriva deux jours après.

XVI
Les fruits confits

Sophie rentrait de la promenade avec son cousin Paul. Dans le vestibule attendait un homme qui semblait être un conducteur de diligence et qui tenait un paquet sous le bras.

« Qui attendez-vous, monsieur ? lui dit Paul très poliment.

L'HOMME

J'attends Mme de Réan, monsieur ; j'ai un paquet à lui remettre.

SOPHIE

De la part de qui ?

L'HOMME

Je ne sais pas, mademoiselle, j'arrive de la diligence ; le paquet vient de Paris.

SOPHIE

Mais qu'est-ce qu'il y a dans le paquet ?

L'HOMME

Je pense que ce sont des fruits confits et des pâtes d'abricots. Du moins c'est comme cela qu'ils sont inscrits sur le livre de la diligence. »

Les yeux de Sophie brillèrent ; elle passa sa langue sur ses lèvres.

« Allons vite prévenir maman », dit-elle à Paul ; et elle partit en courant. Quelques instants après, la maman arriva, paya le port du paquet et l'emporta au salon, où la suivirent Sophie et Paul. Ils furent très attrapés quand ils virent Mme de Réan poser le paquet sur la table et retourner à son bureau pour lire et écrire.

Sophie et Paul se regardaient d'un air malheureux.

« Demande à maman de l'ouvrir, dit tout bas Sophie à Paul.

PAUL, *tout bas*

Je n'ose pas ; ma tante n'aime pas qu'on soit impatient et curieux.

SOPHIE, *tout bas*

Demande-lui si elle veut que nous lui épargnions la peine d'ouvrir le paquet en l'ouvrant nous-mêmes.

LA MAMAN

J'entends très bien ce que vous dites, Sophie ; c'est très mal de faire la fausse, de faire semblant d'être obligeante et de vouloir m'épargner un ennui, quand c'est tout bonnement par curiosité et par gourmandise que tu veux ouvrir ce paquet. Si tu m'avais dit franchement : "Maman, j'ai envie de voir les fruits confits, permettez-moi de défaire le paquet", je te l'aurais permis. Maintenant je te défends d'y toucher. »

Sophie, confuse et mécontente, s'en alla dans sa chambre, suivie de Paul.

« Voilà ce que c'est que d'avoir voulu faire des finesses, lui dit Paul. Tu fais toujours comme cela, et tu sais que ma tante déteste les faussetés.

SOPHIE

Pourquoi aussi n'as-tu pas demandé tout de suite quand je te l'ai dit ? Tu veux toujours faire le sage et tu ne fais que des bêtises.

D'abord je ne fais pas de bêtises ; ensuite je ne fais pas le sage. Tu dis cela parce que tu es furieuse de ne pas avoir les fruits confits.

SOPHIE

Pas du tout, monsieur, je ne suis furieuse que contre vous, parce que vous me faites toujours gronder.

PAUL

Même le jour où tu m'as si bien griffé ? »

Sophie, honteuse, rougit et se tut. Ils restèrent quelque temps sans se parler ; Sophie aurait bien voulu demander pardon à Paul, mais l'amour-propre l'empêchait de parler la première. Paul, qui était très bon, n'en voulait plus à Sophie ; mais il ne savait comment faire pour commencer la conversation. Enfin, il trouva un moyen très habile : il se balança sur sa chaise, et il se pencha tellement en arrière, qu'il tomba. Sophie accourut pour l'aider à se relever.

« Tu t'es fait mal, pauvre Paul ? lui dit-elle.

PAUL

Non, au contraire.

SOPHIE, *riant*

Ah ! au contraire. C'est assez drôle, cela.

PAUL

Oui ! puisqu'en tombant j'ai fait finir notre querelle.

SOPHIE, *l'embrassant*

Mon bon Paul, comme tu es bon ! C'est donc exprès que tu es tombé ? Tu aurais pu te faire mal.

PAUL

Non ; comment veux-tu qu'on se fasse mal en

tombant d'une chaise si basse ? A présent que nous sommes amis, allons jouer. »

Et ils partirent en courant. En traversant le salon, ils virent le paquet toujours ficelé. Paul entraîna Sophie, qui avait bien envie de s'arrêter, et ils n'y pensèrent plus.

Après le dîner, Mme de Réan appela les enfants.

« Nous allons enfin ouvrir le fameux paquet, dit-elle, et goûter à nos fruits confits. Paul, va me chercher un couteau pour couper la ficelle. » Paul partit comme un éclair et rentra presque au même instant, tenant un couteau, qu'il présenta à sa tante.

Mme de Réan coupa la ficelle, défit les papiers qui enveloppaient les fruits, et découvrit douze boîtes de fruits confits et de pâtes d'abricots.

« Goûtons-les pour voir s'ils sont bons, dit-elle en ouvrant une boîte. Prends-en deux, Sophie ; choisis ceux que tu aimerais le mieux. Voici des poires, des prunes, des noix, des abricots, du cédrat, de l'angélique. »

Sophie hésita un peu ; elle examinait lesquels étaient les plus gros ; enfin elle se décida pour une poire et un abricot. Paul choisit une prune et de l'angélique. Quand tout le monde en eut pris, la maman ferma la boîte, encore à moitié pleine, la porta dans sa chambre et la posa sur le haut d'une étagère. Sophie l'avait suivie jusqu'à la porte.

En revenant, Mme de Réan dit à Sophie et à Paul qu'elle ne pourrait les mener promener, parce qu'elle devait faire une visite dans le voisinage.

« Amusez-vous pendant mon absence, mes enfants ; promenez-vous, ou restez devant la maison, comme vous voudrez. »

Et, les embrassant, elle monta en voiture avec M. et Mme d'Aubert et M. de Réan.

Les enfants restèrent seuls et jouèrent longtemps

devant la maison. Sophie parlait souvent de fruits confits.

« Je suis fâchée, dit-elle, de n'avoir pas pris d'angélique ni de prune ; ce doit être très bon.

— Oui, c'est très bon, répondit Paul, mais tu pourras en manger demain ; ainsi n'y pense plus, crois-moi, et jouons. »

Ils reprirent leur jeu, qui était de l'invention de Paul. Ils avaient creusé un petit bassin et ils le remplissaient d'eau ; mais il fallait en remettre toujours, parce que la terre buvait l'eau à mesure qu'ils la versaient. Enfin, Paul glissa sur la terre boueuse et renversa un arrosoir plein sur ses jambes.

« Aïe, aïe ! s'écria-t-il, comme c'est froid ! Je suis trempé ; il faut que j'aille changer de souliers, de bas, de pantalon. Attends-moi là, je reviendrai dans un quart d'heure. »

Sophie resta près du bassin, tapotant l'eau avec sa petite pelle, mais ne pensant ni à l'eau, ni à la pelle, ni à Paul. A quoi pensait-elle donc ? Hélas ! Sophie pensait aux fruits confits, à l'angélique, aux prunes ; elle regrettait de ne pas pouvoir en manger encore, de n'avoir pas goûté à tout.

« Demain, pensa-t-elle, maman m'en donnera encore ; je n'aurai pas le temps de bien choisir. Si je pouvais les regarder d'avance, je remarquerais ceux que je prendrai demain... Et pourquoi ne pourrais-je pas les regarder ? »

Voilà Sophie, bien contente de son idée, qui court à la chambre de sa maman et qui cherche à atteindre la boîte ; mais elle a beau sauter, allonger le bras, elle ne peut y parvenir ; elle ne sait comment faire ; elle cherche un bâton, une pincette, n'importe quoi, lorsqu'elle se tape le front avec la main en disant :

« Que je suis donc bête ! Je vais approcher un fauteuil et monter dessus ! »

Sophie tire et pousse un lourd fauteuil tout près de l'étagère, grimpe dessus, atteint la boîte, l'ouvre et regarde avec envie les beaux fruits confits. « Lequel prendrai-je demain ? » dit-elle. Elle ne peut se décider : c'est tantôt l'un, tantôt l'autre. Le temps se passait pourtant ; Paul allait bientôt revenir.

« Que dirait-il s'il me voyait ici ? pensa-t-elle. Il croirait que je vole les fruits confits, et pourtant je ne fais que les regarder... J'ai une bonne idée : si je grignotais un tout petit morceau de chaque fruit, je saurais le goût qu'ils ont tous, je saurais lequel est le meilleur, et personne ne verrait rien, parce que j'en mordrais si peu que cela ne paraîtrait pas. »

Et Sophie mordille un morceau d'angélique, puis un abricot, puis une prune, puis une noix, puis une poire, puis du cédrat, mais elle ne se décide pas plus qu'avant.

« Il faut recommencer », dit-elle.

Elle recommence à grignoter, et recommence tant de fois, qu'il ne reste presque plus rien dans la boîte. Elle s'en aperçoit enfin ; la frayeur la prend.

« Mon Dieu, mon Dieu ! qu'ai-je fait ? dit-elle. Je ne voulais qu'y goûter, et j'ai presque tout mangé. Maman va s'en apercevoir dès qu'elle ouvrira la boîte ; elle devinera que c'est moi. Que faire, que faire ?... Je pourrais bien dire que ce n'est pas moi ; mais maman ne me croira pas.... Si je disais que ce sont les souris ? Précisément, j'en ai vu une courir ce matin dans le corridor. Je le dirai à maman ; seulement je dirai que c'était un rat, parce qu'un rat est plus gros qu'une souris, et qu'il mange plus, et, comme j'ai mangé presque tout, il vaut mieux que ce soit un rat qu'une souris. »

Sophie, enchantée de son esprit, ferme la boîte, la remet à sa place et descend du fauteuil. Elle retourne au jardin en courant ; à peine avait-elle eu le temps de prendre sa pelle, que Paul revint.

PAUL

J'ai été bien longtemps, n'est-ce pas ? C'est que je ne trouvais pas mes souliers ; on les avait emportés pour les cirer, et j'ai cherché partout avant de les demander à Baptiste. Qu'as-tu fait pendant que je n'y étais pas ?

SOPHIE

Rien du tout, je t'attendais ; je jouais avec l'eau.

PAUL

Mais tu as laissé le bassin se vider ; il n'y a plus rien dedans. Donne-moi ta pelle, que je batte un peu le fond pour le rendre plus solide ; va pendant ce temps puiser de l'eau dans le baquet.

Sophie alla chercher de l'eau pendant que Paul travaillait au bassin. Quand elle revint, Paul lui rendit la pelle et dit :

« Ta pelle est toute poissée ; elle colle aux doigts ; qu'est-ce que tu as mis dessus ?

— Rien, répondit Sophie ; rien. Je ne sais pas pourquoi elle colle. »

Et Sophie plongea vivement ses mains dans l'arrosoir plein d'eau, parce qu'elle venait de s'apercevoir qu'elles étaient poissées.

« Pourquoi mets-tu tes mains dans l'arrosoir ? demanda Paul.

SOPHIE, *embarrassée*

Pour voir si elle est froide.

PAUL, *riant*

Quel drôle d'air tu as depuis que je suis revenu ! On dirait que tu as fait quelque chose de mal.

Quel mal veux-tu que j'aie fait ! Tu n'as qu'à regarder ; tu ne trouveras rien de mal. Je ne sais pas pourquoi tu dis que j'ai fait quelque chose de mal : tu as toujours des idées ridicules.

PAUL

Comme tu te fâches ! C'est une plaisanterie que j'ai faite. Je t'assure que je ne crois à aucune mauvaise action de ta part, et tu n'as pas besoin de me regarder d'un air si farouche. »

Sophie leva les épaules, reprit son arrosoir et le versa dans le bassin, qui se vida sur le sable. Les enfants jouèrent ainsi jusqu'à huit heures ; les bonnes vinrent les chercher et les emmenèrent. C'était l'heure du coucher.

Sophie eut une nuit un peu agitée ; elle rêva qu'elle était près d'un jardin dont elle était séparée par une barrière ; ce jardin était rempli de fleurs et de fruits qui semblaient délicieux. Elle cherchait à y entrer ; son bon ange la tirait en arrière et lui disait d'une voix triste : « N'entre pas, Sophie ; ne goûte pas à ces fruits qui te semblent si bons, et qui sont amers et empoisonnés ; ne sens pas ces fleurs qui paraissent si belles et qui répandent une odeur infecte et empoisonnée. Ce jardin est le jardin du mal. Laisse-moi te mener dans le jardin du bien. — Mais, dit Sophie, le chemin pour y aller est raboteux, plein de pierres, tandis que l'autre est couvert d'un sable fin, doux aux pieds. — Oui, dit l'ange, mais le chemin raboteux te mènera dans un jardin de délices. L'autre chemin te mènera dans un lieu de souffrance, de tristesse ; tout y est mauvais ; les êtres qui l'habitent sont méchants et cruels ; au lieu de te consoler, ils riront de tes souffrances, ils les augmenteront en te tourmentant eux-mêmes. » Sophie hésita ; elle regardait le beau jardin rempli de fleurs, de fruits, les allées sablées et ombragées ; puis, jetant un coup d'œil sur le chemin raboteux et aride qui semblait n'avoir pas de fin, elle se retourna vers la barrière, qui s'ouvrit devant elle, et, s'arrachant des mains de son bon ange, elle entra dans le jardin. L'ange lui cria : « Reviens, reviens, Sophie, je t'attendrai à la barrière ; je t'y attendrai jusqu'à ta mort, et, si jamais tu reviens à moi, je te mènerai au jardin de délices par le chemin raboteux, qui s'adoucira et s'embellira à mesure que tu y avanceras. » Sophie n'écouta pas la voix de son bon ange : de jolis enfants lui faisaient signe d'avancer, elle courut à eux, ils l'entourèrent en riant, et se mirent les uns à la pincer, les autres à la tirailler, à lui jeter du sable dans les yeux.

Sophie se débarrassa d'eux avec peine, et, s'éloignant, elle cueillit une fleur d'une apparence charmante ; elle la sentit et la rejeta loin d'elle : l'odeur en était affreuse. Elle continua à avancer, et, voyant les arbres chargés des plus beaux fruits, elle en prit un et y goûta ; mais elle le jeta avec plus d'horreur encore que la fleur : le goût en était amer et détestable. Sophie, un peu attristée, continua sa promenade, mais partout elle fut trompée comme pour les fleurs et les fruits. Quand elle fut restée quelque temps dans ce jardin où tout était mauvais, elle pensa à son bon ange, et, malgré les promesses et les cris des méchants, elle courut à la barrière et aperçut son bon ange, qui lui tendait les bras. Repoussant les méchants enfants, elle se jeta dans les bras de l'ange, qui l'entraîna dans le chemin raboteux. Les premiers pas lui parurent difficiles, mais plus elle avançait et plus le chemin devenait doux, plus le pays lui semblait frais et agréable. Elle allait entrer dans le jardin du bien, lorsqu'elle s'éveilla agitée et baignée de sueur. Elle pensa longtemps à ce rêve. « Il faudra, dit-elle, que je demande à maman de me l'expliquer » ; et elle se rendormit jusqu'au lendemain.

Quand elle alla chez sa maman, elle lui trouva le visage un peu sévère ; mais le rêve lui avait fait oublier les fruits confits, et elle se mit tout de suite à le raconter.

LA MAMAN

Sais-tu ce qu'il peut signifier, Sophie ! C'est que le bon Dieu, qui voit que tu n'es pas sage, te prévient par le moyen de ce rêve que, si tu continues à faire tout ce qui est mal et qui te semble agréable, tu auras des chagrins au lieu d'avoir des plaisirs. Ce jardin trompeur, c'est l'enfer ; le jardin du bien, c'est le paradis ; on y arrive par un chemin raboteux, c'est-à-dire en se privant de choses agréables, mais qui sont défendues ; le chemin devient plus doux à mesure qu'on marche, c'est-à-dire qu'à force d'être obéissant, doux, bon, on s'y habitue tellement que cela ne coûte plus d'obéir et d'être bon, et qu'on ne souffre plus de ne pas se laisser aller à toutes ses volontés.

Sophie s'agita sur sa chaise ; elle rougissait, regardait sa maman ; elle voulait parler ; mais elle ne pouvait s'y décider. Enfin Mme de Réan, qui voyait son agitation, vint à son aide en lui disant :

« Tu as quelque chose à avouer, Sophie ; tu n'oses pas le faire, parce que cela coûte toujours d'avouer une faute. C'est précisément le chemin raboteux dans lequel t'appelle ton bon ange et qui te fait peur. Voyons, Sophie, écoute ton bon ange, et saute hardiment dans les pierres du chemin qu'il t'indique. »

Sophie rougit plus encore, cacha sa figure dans ses mains et, d'une voix tremblante, avoua à sa maman qu'elle avait mangé la veille presque toute la boîte de fruits confits.

MADAME DE RÉAN

Et comment espérais-tu me le cacher ?

SOPHIE

Je voulais vous dire, maman, que c'étaient les rats qui l'avaient mangée.

MADAME DE RÉAN

Et je ne l'aurais jamais cru, comme tu le penses bien, puisque les rats ne pouvaient lever le couvercle de la boîte et le refermer ensuite ; les rats auraient commencé par dévorer, déchirer la boîte pour arriver aux fruits confits. De plus, les rats n'avaient pas besoin d'approcher un fauteuil pour atteindre l'étagère.

SOPHIE, *surprise*

Comment ! Vous avez vu que j'avais tiré le fauteuil ?

MADAME DE RÉAN.

Comme tu avais oublié de l'ôter, c'est la première chose que j'ai vue hier en rentrant chez moi. J'ai compris que c'était toi, surtout après avoir regardé la boîte et l'avoir trouvée presque vide. Tu vois comme tu as bien fait de m'avouer ta faute ; tes mensonges n'auraient fait que l'augmenter et t'auraient fait punir plus sévèrement. Pour récompenser l'effort que tu fais en avouant tout, tu n'auras d'autre punition que de ne pas manger de fruits confits tant qu'ils dureront.

Sophie baisa la main de sa maman, qui l'embrassa ; elle retourna ensuite dans sa chambre, où Paul l'attendait pour déjeuner.

PAUL

Qu'as-tu donc, Sophie ? Tu as les yeux rouges.

SOPHIE

C'est que j'ai pleuré.

Pourquoi ? Est-ce que ma tante t'a grondée ?

SOPHIE

Non, mais c'est que j'étais honteuse de lui avouer une mauvaise chose que j'ai faite hier.

PAUL

Quelle mauvaise chose ? Je n'ai rien vu, moi.

SOPHIE

Parce que je me suis cachée de toi.

Et Sophie raconta à Paul comment elle avait mangé la boîte de fruits confits, après avoir voulu seulement les regarder et choisir les meilleurs pour le lendemain.

Paul loua beaucoup Sophie d'avoir tout avoué à sa maman.

« Comment as-tu eu ce courage ? » dit-il.

Sophie lui raconta alors son rêve, et comment sa maman le lui avait expliqué. Depuis ce jour Paul et Sophie parlèrent souvent de ce rêve, qui les aida à être obéissants et bons.

XVII
Le chat et le bouvreuil

Sophie et Paul se promenaient un jour avec leur bonne ; ils revenaient de chez une pauvre femme à laquelle ils avaient été porter de l'argent. Ils revenaient tout doucement ; tantôt ils cherchaient à grimper à un arbre, tantôt ils passaient au travers des haies et se cachaient dans les buissons. Sophie était cachée et Paul la cherchait, lorsqu'elle entendit un tout petit *miaou* bien faible, bien plaintif. Sophie eut peur ; elle sortit de sa cachette.

« Paul, dit-elle, appelons ma bonne ; j'ai entendu un petit cri, comme un chat qui miaule, tout près de moi, dans le buisson.

PAUL

Pourquoi faut-il appeler ta bonne pour cela ? Allons voir nous-mêmes ce que c'est.

SOPHIE

Oh non ! j'ai peur.

PAUL, *riant*

Peur ! et de quoi ? Tu dis toi-même que c'était un petit cri. Ce n'est donc pas une grosse bête.

SOPHIE

Je ne sais pas ; c'est peut-être un serpent, un jeune loup.

PAUL, *riant*

Ha ! ha ! ha ! Un serpent qui crie ! C'est nouveau, cela ! Et un jeune loup qui pousse un si petit cri, que moi, qui étais tout près de toi, je ne l'ai pas entendu !

SOPHIE

Voilà le même cri ! Entends-tu ? »

Paul écouta et entendit en effet un petit *miaou* bien faible qui sortait du buisson. Il y courut malgré les prières de Sophie.

« C'est un pauvre petit chat qui a l'air malade, s'écria-t-il après avoir cherché quelques instants. Viens voir comme il paraît misérable. »

Sophie accourut ; elle vit un tout petit chat tout

blanc, mouillé de rosée et taché de boue, qui était étendu tout près de la place où elle s'était cachée.

« Il faut appeler ma bonne, dit Sophie, pour qu'elle l'emporte ; pauvre petit, comme il tremble.

— Et comme il est maigre ! » dit Paul.

Ils appelèrent la bonne, qui les suivait de loin. Quand elle les rejoignit, ils lui montrèrent le petit chat et lui demandèrent de l'emporter.

LA BONNE

Mais comment faire pour l'emporter ? Le pauvre petit malheureux est si mouillé et si sale que je ne peux pas le prendre dans mes mains.

SOPHIE

Eh bien, ma bonne, mettez-le dans des feuilles.

PAUL

Ou plutôt dans mon mouchoir ; il sera bien mieux.

SOPHIE

C'est cela ! Essuyons-le avec mon mouchoir, et couchons-le dans le tien ; ma bonne l'emportera.

La bonne les aida à arranger le petit chat, qui n'avait pas la force de remuer ; quand il fut bien enveloppé dans le mouchoir, la bonne le prit, et tous se dépêchèrent d'arriver à la maison pour lui donner du lait chaud.

Ils n'étaient pas loin de la maison, et ils furent bientôt arrivés. Sophie et Paul coururent en avant, à la cuisine.

« Donnez-nous bien vite une tasse de lait chaud, dit Sophie à Jean, le cuisinier.

— Pour quoi faire, mademoiselle ? répondit Jean.

— Pour un pauvre petit chat que nous avons trouvé dans une haie et qui est presque mort de faim. Le voici ; ma bonne l'apporte dans un mouchoir. »

La bonne posa le mouchoir par terre ; le cuisinier apporta une assiettée de lait chaud au petit chat, qui se jeta dessus et avala tout sans en laisser une goutte.

« J'espère que le voilà content, dit la bonne. Il a bu plus de deux verres de lait.

SOPHIE

Ah ! le voilà qui se relève ! Il lèche ses poils.

PAUL

Si nous l'emportions dans notre chambre ?

LE CUISINIER

Moi, monsieur et mademoiselle, je vous conseillerais de le laisser dans la cuisine, d'abord parce qu'il se séchera mieux dans la cendre chaude, ensuite parce qu'il aura à manger ici tant qu'il voudra ; enfin parce qu'il pourra sortir quand il en aura besoin, et qu'il apprendra ainsi à être propre.

PAUL

C'est vrai. Laissons-le à la cuisine, Sophie.

SOPHIE

Mais il sera toujours à nous et je le verrai tant que je voudrai ?

LE CUISINIER

Certainement, mademoiselle, vous le verrez quand vous voudrez. Ne sera-t-il pas à vous tout de même ? »

Il prit le chat, et le posa sur de la cendre chaude, sous le fourneau. Les enfants le laissèrent dormir et recommandèrent bien au cuisinier de lui mettre du lait près de lui pour qu'il pût en boire toutes les fois qu'il aurait faim.

SOPHIE

Comment appellerons-nous notre chat ?

PAUL

Appelons-le CHÉRI.

SOPHIE

Oh non ! C'est commun. Appelons-le plutôt CHARMANT.

PAUL

Et si en grandissant il devient laid ?

SOPHIE

C'est vrai. Comment l'appeler alors ? Il faut bien pourtant qu'il ait un nom.

PAUL

Sais-tu ce qui serait un très joli nom ? BEAU-MINON.

SOPHIE

Ah oui ! Comme dans le conte de BLONDINE. C'est vrai : appelons-le BEAU-MINON. Je demanderai à maman de lui faire un petit collier et de broder tout autour BEAU-MINON.

Et les enfants coururent chez Mme de Réan pour lui raconter l'histoire du petit chat et pour lui demander un collier. La maman alla voir le chat et prit la mesure de son cou.

« Je ne sais pas si ce pauvre chat pourra vivre, dit-elle, il est si maigre et si faible qu'il peut à peine se tenir sur ses pattes.

PAUL

Mais comment s'est-il trouvé dans la haie ? Les chats ne vivent pas dans les bois.

MADAME DE RÉAN

Ce sont peut-être de méchants enfants qui l'ont

emporté pour jouer, et l'auront jeté ensuite dans la haie, pensant qu'il pourrait revenir dans sa maison tout seul.

Pourquoi aussi n'est-il pas revenu ? C'est bien sa faute s'il a été malheureux.

MADAME DE RÉAN

Il est trop jeune pour avoir pu retrouver son chemin ; et puis, il vient peut-être de très loin. Si de méchants hommes t'emmenaient très loin et te laissaient au coin d'un bois, que ferais-tu ? Crois-tu que tu pourrais retrouver ton chemin toute seule ?

SOPHIE

Oh ! je ne serais pas embarrassée ! Je marcherais toujours jusqu'à ce que je rencontre quelqu'un ou que je voie une maison ; alors je dirais comment je m'appelle et je demanderais qu'on me ramenât.

LA MAMAN

D'abord, tu rencontrerais peut-être de méchantes gens qui ne voudraient pas se déranger de leur chemin ou de leur ouvrage pour te ramener. Et puis, toi, tu peux parler, on te comprendrait ! Mais le pauvre chat, crois-tu que, s'il était entré dans une maison, on aurait compris ce qu'il voulait, où il demeurait ? On l'aurait chassé, battu, tué peut-être.

SOPHIE

Mais pourquoi a-t-il été dans ce buisson pour y mourir de faim ?

MADAME DE RÉAN

Les mauvais garçons l'ont peut-être jeté là après l'avoir battu. D'ailleurs il n'a pas été si bête d'être resté là, puisque vous avez passé auprès et que vous l'avez sauvé.

Quant à cela, ma tante, il ne pouvait pas deviner que nous passerions par là.

Lui, non ; mais le bon Dieu, qui le savait, l'a permis afin de vous donner l'occasion d'être charitables, même pour un animal. »

Sophie et Paul, qui étaient impatients de revoir leur chat, ne dirent plus rien et retournèrent à la cuisine, où ils trouvèrent Beau-Minon profondément endormi sur la cendre chaude. Le cuisinier avait mis près de lui une petite jatte de lait ; il n'y avait donc rien à faire pour lui, et les enfants allèrent jouer dans leur petit jardin.

Beau-Minon ne mourut pas ; en peu de jours il redevint fort bien portant et gai. A mesure qu'il grandissait, il devenait plus beau ; ses longs poils blancs étaient brillants comme des soleils ; son nez rose lui donnait un petit air gentil et enfantin. C'était un vrai chat angora de la plus belle espèce. Sophie l'aimait beaucoup ; Paul, qui venait très souvent passer quelques jours avec Sophie, l'aimait bien aussi. Beau-Minon était le plus heureux des chats. Il avait un seul défaut, qui désolait Sophie : il était cruel pour les oiseaux. Aussitôt qu'il était dehors, il grimpait aux arbres pour chercher des nids et pour manger les petits qu'il y trouvait. Quelquefois même il avait mangé les pauvres mamans oiseaux qui cherchaient à défendre leurs petits contre le méchant Beau-Minon. Quand Sophie et Paul le voyaient grimper aux arbres, ils faisaient ce qu'ils pouvaient pour le faire descendre : mais Beau-Minon ne les écoutait pas, et continuait tout de même à grimper et à manger les petits oiseaux. On entendait alors des *cuic, cuic* plaintifs.

Lorsque Beau-Minon descendait de l'arbre, Sophie lui donnait de grands coups de verges : mais il trouva moyen de les éviter en restant si longtemps tout en haut de l'arbre, que Sophie ne pouvait pas l'atteindre. D'autres fois, quand il était arrivé à moitié de l'arbre, il s'élançait, sautait à terre et se sauvait à toutes jambes avant que Sophie eût pu l'attraper.

« Prends garde, Beau-Minon ! lui disaient les enfants. Le bon Dieu te punira de ta méchanceté. Il t'arrivera malheur un jour. »

Beau-Minon ne les écoutait pas.

Un jour Mme de Réan apporta dans le salon un charmant oiseau, dans une belle cage toute dorée.

« Voyez, mes enfants, quel joli bouvreuil m'a envoyé un de mes amis. Il chante parfaitement.

Oh ! que je voudrais l'entendre !

MADAME DE RÉAN

Je vais le faire chanter ; mais n'approchez pas trop, pour ne pas l'effrayer... Petit, petit, continua Mme de Réan en parlant au bouvreuil, chante, mon ami ; chante, petit, chante. »

Le bouvreuil commença à se balancer, à pencher sa tête à droite et à gauche, et puis il se mit à siffler l'air : *Au clair de la lune.* Quand il eut fini, il siffla : *J'ai du bon tabac,* puis : *Le bon roi Dagobert.*

Les enfants l'écoutaient sans bouger ; ils osaient à peine respirer, pour ne pas faire peur au bouvreuil. Quand il eut fini, Paul s'écria :

« Oh ! ma tante, comme il chante bien ! Quelle petite voix douce ! Je voudrais l'entendre toujours !

— Nous le ferons recommencer après dîner, dit Mme de Réan ; à présent il est fatigué, il arrive de voyage ; donnons-lui à manger. Allez au jardin, mes enfants, rapportez-moi du mouron ou du plantain ; le jardinier vous montrera où il y en a. »

Les enfants coururent au potager et rapportèrent une telle quantité de mouron qu'on aurait pu y enterrer toute la cage. Leur maman leur dit de n'en cueillir qu'une petite poignée une autre fois, et ils en mirent dans la cage du bouvreuil, qui commença tout de suite à le becqueter.

« Allons dîner à présent, mes enfants, dit Mme de Réan, vos papas nous attendent. »

Pendant le dîner on parla beaucoup du joli bouvreuil.

« Quelle belle tête noire il a ! dit Sophie.

— Et quel joli ventre rouge ! dit Paul.

— Et comme il chante bien ! dit Mme de Réan.

— Il faudra lui faire chanter tous ses airs », dit M. de Réan.

Aussitôt que le dîner fut fini, on retourna au salon ; les enfants couraient en avant. Au moment d'entrer au salon, Mme de Réan y entendit pousser un cri affreux ; elle accourut et les trouva immobiles de frayeur et montrant du doigt la cage du bouvreuil. De cette cage, dont plusieurs barreaux étaient tordus et cassés, Beau-Minon s'élançait par terre, tenant dans sa gueule le pauvre bouvreuil qui battait encore des ailes. Mme de Réan cria à son tour et courut à Beau-Minon pour lui faire lâcher l'oiseau. Beau-Minon se sauva sous un fauteuil. M. de Réan, qui entrait en ce moment, saisit une pincette et voulut en donner un coup à Beau-Minon. Mais le chat, qui était prêt à se sauver, s'élança vers la porte restée entr'ouverte. M. de Réan le poursuivit de chambre en chambre, de corridor en corridor. Le pauvre oiseau ne criait plus, ne se débattait plus. Enfin M. de Réan parvint à attraper Beau-Minon avec la pincette. Le coup avait été si fort que sa gueule s'ouvrit et laissa échapper l'oiseau. Pendant que le bouvreuil tombait d'un côté, Beau-Minon tombait de l'autre. Il eut deux ou trois convulsions et il ne bougea plus ; la pincette l'avait frappé à la tête ; il était mort.

Mme de Réan et les enfants, qui couraient après M. de Réan, après le chat et après le bouvreuil, arrivèrent au moment de la dernière convulsion de Beau-Minon.

« Beau-Minon, mon pauvre Beau-Minon ! s'écria Sophie.

— Le bouvreuil, le pauvre bouvreuil ! s'écria Paul.

— Mon ami, qu'avez-vous fait ? s'écria Mme de Réan.

— J'ai puni le coupable, mais je n'ai pu sauver l'innocent, répondit M. de Réan. Le bouvreuil est mort étouffé par le méchant Beau-Minon, qui ne tuera plus personne, puisque je l'ai tué sans le vouloir. »

Sophie n'osait rien dire, mais elle pleura amèrement son pauvre chat, qu'elle aimait malgré ses défauts.

« Je lui avais bien dit, disait-elle à Paul, que le bon Dieu le punirait de sa méchanceté pour les oiseaux. Hélas ! pauvre Beau-Minon ! te voilà mort, et par ta faute ! »

XVIII
La boîte à ouvrage

Quand Sophie voyait quelque chose qui lui faisait envie, elle le demandait. Si sa maman le lui refusait, elle redemandait et redemandait jusqu'à ce que sa maman, ennuyée, la renvoyât dans sa chambre. Alors, au lieu de n'y plus penser, elle y pensait toujours et répétait :

« Comment faire pour avoir ce que je veux ? J'en ai si envie ! Il faut que je tâche de l'avoir. »

Bien souvent, en tâchant de l'avoir, elle se faisait punir ; mais elle ne se corrigeait pas.

Un jour sa maman l'appela pour lui montrer une charmante boîte à ouvrage que M. de Réan venait d'envoyer de Paris. La boîte était en écaille avec de l'or ; le dedans était doublé de velours bleu, il y avait tout ce qu'il fallait pour travailler, et tout était en or ; il y avait un dé, des ciseaux, un étui, un poinçon, des bobines, un couteau, un canif, de petites pinces, un passe-lacet. Dans un autre compartiment il y avait une boîte à aiguilles, une boîte à épingles dorées, une provision de soies de toutes couleurs, de fils de différentes grosseurs, de cordons, de rubans, etc. Sophie se récria sur la beauté de la boîte :

« Comme tout cela est joli ! dit-elle, et comme c'est commode d'avoir tout ce qu'il faut pour travailler ! Pour qui est cette boîte, maman ? ajouta Sophie en souriant, comme si elle avait été sûre que sa maman répondrait : *C'est pour toi.*

— C'est à moi que ton papa l'a envoyée, répondit Mme de Réan.

SOPHIE

Quel dommage ! J'aurais bien voulu l'avoir.

MADAME DE RÉAN

Eh bien ! je te remercie ! Tu es fâchée que ce soit moi qui aie cette jolie boîte ! C'est un peu égoïste.

SOPHIE

Oh ! maman, donnez-la-moi, je vous en prie.

MADAME DE RÉAN

Tu ne travailles pas encore assez bien pour avoir une si jolie boîte. De plus tu n'as pas assez d'ordre. Tu ne rangerais rien et tu perdrais tous les objets les uns après les autres.

SOPHIE

Oh non ! maman, je vous assure ; j'en aurais bien soin.

MADAME DE RÉAN

Non, Sophie, n'y pense pas ; tu es trop jeune.

SOPHIE

Je commence à très bien travailler, maman ; j'aime beaucoup à travailler.

MADAME DE RÉAN

En vérité ! Et pourquoi es-tu toujours si désolée quand je t'oblige à travailler ?

SOPHIE, *embarrassée*

C'est..., c'est... parce que je n'ai pas ce qu'il me faut pour travailler. Mais, si j'avais cette boîte, je travaillerais avec un plaisir..., oh ! un plaisir...

MADAME DE RÉAN

Tâche de travailler avec plaisir sans la boîte, c'est le moyen d'arriver à en avoir une.

SOPHIE

Oh ! maman, je vous en prie !

MADAME DE RÉAN

Sophie, tu m'ennuies. Je te prie de ne plus songer à la boîte. »

Sophie se tut ; elle continua à regarder la boîte, puis elle la redemanda à sa maman plus de dix fois. La maman, impatientée, la renvoya dans le jardin.

Sophie ne joua pas, ne se promena pas ; elle resta assise sur un banc, pensant à la boîte et cherchant les moyens de l'avoir.

« Si je savais écrire, dit-elle, j'écrirais à papa pour

qu'il m'en envoie une toute pareille : mais... je ne sais pas écrire ; et, si je dictais la lettre à maman, elle me gronderait et ne voudrait pas l'écrire... Je pourrais bien attendre que papa soit revenu ; mais il faudrait attendre trop longtemps et je voudrais avoir la boîte tout de suite... »

Sophie réfléchit, réfléchit longtemps ; enfin elle sauta de dessus son banc, frotta ses mains l'une contre l'autre et s'écria :

« J'ai trouvé, j'ai trouvé. La boîte sera à moi. »

Et voilà Sophie qui rentre au salon, la boîte était restée sur la table ; mais la maman n'y était plus. Sophie avance avec précaution, ouvre la boîte et en retire une à une toutes les choses qui la remplissaient. Son cœur battait, car elle allait voler, comme les voleurs que l'on met en prison. Elle avait peur que quelqu'un n'entrât avant qu'elle eût fini. Mais personne ne vint ; Sophie put prendre tout ce qui était dans la boîte. Quand elle eut tout pris, elle referma doucement la boîte, la replaça au milieu de la table et alla dans un petit salon où étaient ses joujoux et ses petits meubles ; elle ouvrit le tiroir de sa petite table et y enferma tout ce qu'elle avait pris dans la boîte de sa maman.

« Quand maman n'aura plus qu'une boîte vide, dit-elle, elle voudra bien me la donner ; et alors j'y remettrai tout, et la jolie boîte sera à moi ! »

Sophie, enchantée de cette espérance, ne pensa même pas à se reprocher ce qu'elle avait fait ; elle ne se demanda pas : « Que dira maman ? Qui accusera-t-elle d'avoir volé ses affaires ? Que répondrai-je quand on me demandera si c'est moi ? » Sophie ne pensa à rien qu'au bonheur d'avoir la boîte.

Toute la matinée se passa sans que la maman s'aperçût du vol de Sophie ; mais à l'heure du dîner, quand tout le monde se réunit au salon, Mme de Réan dit aux personnes qu'elle avait invitées à dîner qu'elle

allait leur montrer une bien jolie boîte à ouvrage que
M. de Réan lui avait envoyée de Paris.

« Vous verrez, ajouta-t-elle, comme c'est complet ;
tout ce qui est nécessaire pour travailler se trouve dans
la boîte. Voyez d'abord la boîte elle-même ; comme
elle est jolie !

— Charmante, répondit-on, charmante. »

Mme de Réan l'ouvrit. Quelle fut sa surprise et celle
des personnes qui l'entouraient, de trouver la boîte
vide !

« Que signifie cela ? dit-elle. Ce matin, tout y était,
et je ne l'ai pas touchée depuis.

— L'aviez-vous laissée au salon ? demanda une des
dames invitées.

MADAME DE RÉAN

Certainement, et sans la moindre inquiétude ; tous
mes domestiques sont honnêtes et incapables de me
voler.

LA DAME

Et pourtant la boîte est vide, chère madame ; il est
certain que quelqu'un l'a vidée. »

Le cœur de Sophie battait avec violence pendant
cette conversation ; elle se tenait cachée derrière tout
le monde, rouge comme un radis et tremblant de tous
ses membres.

Mme de Réan, la cherchant des yeux et ne la voyant
pas, appela : « Sophie, Sophie, où es-tu ? »

Comme Sophie ne répondait pas, les dames derrière
lesquelles elle était cachée, et qui la savaient là, s'écar-
tèrent, et Sophie parut dans un tel état de rougeur et de
trouble, que chacun devina sans peine que le voleur
était elle-même.

« Approchez, Sophie », dit Mme de Réan.

Sophie s'avança d'un pas lent ; ses jambes tremblaient sous elle.

Où avez-vous mis les choses qui étaient dans ma boîte ?

SOPHIE, *tremblante*

Je n'ai rien pris, maman, je n'ai rien caché.

MADAME DE RÉAN

Il est inutile de mentir, mademoiselle ; rapportez tout à la minute, si vous ne voulez être punie comme vous le méritez.

SOPHIE, *pleurant*

Mais, maman, je vous assure que je n'ai rien pris.

MADAME DE RÉAN.

Suivez-moi, mademoiselle.

Et, comme Sophie restait sans bouger, Mme de Réan lui prit la main et l'entraîna malgré sa résistance dans le salon à joujoux. Elle se mit à chercher dans les tiroirs de la petite commode, dans l'armoire de la poupée ; ne trouvant rien, elle commençait à craindre d'avoir été injuste envers Sophie, lorsqu'elle se dirigea vers la petite table. Sophie trembla plus fort lorsque sa maman, ouvrant le tiroir, aperçut tous les objets de sa boîte à ouvrage, que Sophie avait cachés là.

Sans rien dire, elle prit Sophie et la fouetta comme elle ne l'avait jamais fouettée. Sophie eut beau crier, demander grâce, elle reçut le fouet de la bonne manière, et il faut avouer qu'elle le méritait.

Mme de Réan vida le tiroir et emporta tout ce qu'elle y avait trouvé, pour le remettre dans sa boîte, laissant Sophie pleurer seule dans le petit salon.

Elle était si honteuse qu'elle n'osait plus rentrer pour dîner ; et elle fit bien, car Mme de Réan lui envoya sa bonne pour l'emmener dans sa chambre, où elle devait dîner et passer la soirée. Sophie pleura beaucoup et longtemps ; la bonne, malgré ses gâteries habituelles, était indignée et l'appelait voleuse.

« Il faudra que je ferme tout à clef, disait-elle, de peur que vous ne me voliez. Si quelque chose se perd dans la maison, on saura bien trouver le voleur et on ira tout droit fouiller dans vos tiroirs. »

Le lendemain, Mme de Réan fit appeler Sophie.

« Écoutez, mademoiselle, lui dit-elle, ce que m'écrivait votre papa en m'envoyant la boîte à ouvrage.

« Ma chère amie, je viens d'acheter une charmante boîte à ouvrage que je vous envoie. Elle est pour Sophie, mais ne le lui dites pas et ne la lui donnez pas encore. Que ce soit la récompense de huit jours de sagesse. Faites-lui voir la boîte, mais ne lui dites pas que je l'ai achetée pour elle. Je ne veux pas qu'elle soit sage par intérêt, pour gagner un beau présent ; je veux qu'elle le soit par un vrai désir d'être bonne... »

« Vous voyez, continua Mme de Réan, qu'en me volant, vous vous êtes volée vous-même. Après ce que vous avez fait, vous auriez beau être sage pendant des mois, vous n'aurez jamais cette boîte. J'espère que la leçon vous profitera et que vous ne recommencerez pas une action si mauvaise et si honteuse. »

Sophie pleura encore, supplia sa maman de lui pardonner. La maman finit par y consentir, mais elle ne voulut jamais lui donner la boîte ; plus tard elle la donna à la petite Élisabeth Chéneau, qui travaillait à merveille et qui était d'une sagesse admirable.

Quand le bon, l'honnête petit Paul apprit ce qu'avait fait Sophie, il en fut si indigné qu'il fut huit jours sans vouloir aller chez elle. Mais, quand il sut combien elle était affligée et repentante, et combien elle était honteuse d'être appelée voleuse, son bon cœur souffrit pour elle ; il alla la voir ; au lieu de la gronder, il la consola et lui dit :

« Sais-tu, ma pauvre Sophie, le moyen de faire oublier ton vol ? C'est d'être si honnête, qu'on ne puisse pas même te soupçonner à l'avenir. »

Sophie lui promit d'être très honnête, et elle tint parole.

XIX
L'âne

Sophie avait été très sage depuis quinze jours ; elle n'avait pas fait une seule grosse faute ; Paul disait qu'elle ne s'était pas mise en colère depuis longtemps ; la bonne disait qu'elle était devenue obéissante. La maman trouvait qu'elle n'était plus ni gourmande, ni menteuse, ni paresseuse, elle voulait récompenser

Sophie, mais elle ne savait pas ce qui pourrait lui faire plaisir.

Un jour qu'elle travaillait, sa fenêtre ouverte, pendant que Sophie et Paul jouaient devant la maison, elle entendit une conversation qui lui apprit ce que désirait Sophie.

PAUL, *s'essuyant le visage*

Que j'ai chaud, que j'ai chaud ! Je suis en nage.

SOPHIE, *s'essuyant de même*

Et moi donc ! Et pourtant nous n'avons pas fait beaucoup d'ouvrage.

PAUL

C'est que nos brouettes sont si petites !

SOPHIE

Si nous prenions les grosses brouettes du potager, nous irions plus vite.

PAUL

Nous n'aurions pas la force de les traîner : j'ai voulu un jour en mener une ; j'ai eu de la peine à l'enlever, et, quand j'ai voulu avancer, le poids de la brouette m'a entraîné, et j'ai versé toute la terre qui était dedans.

SOPHIE

Mais notre jardin ne sera jamais fini ; avant de le bêcher et de le planter, nous devons y traîner plus de cent brouettes de bonne terre. Et il y a si loin pour l'al-ler chercher !

PAUL

Que veux-tu ? Ce sera long, mais nous finirons par le faire.

SOPHIE

Ah ! si nous avions un âne, comme Camille et

134

Madeleine de Fleurville, et une petite charrette ! C'est alors que nous ferions de l'ouvrage en peu de temps !

PAUL

C'est vrai ! Mais nous n'en avons pas. Il faudra bien que nous fassions l'ouvrage de l'âne.

SOPHIE

Écoute, Paul, j'ai une idée.

PAUL, *riant*

Oh ! si tu as une idée, nous sommes sûrs de faire quelque sottise, car tes idées ne sont pas fameuses, en général.

SOPHIE, *avec impatience*

Mais écoute donc, avant de te moquer. Mon idée est excellente. Combien ma tante te donne-t-elle d'argent par semaine ?

PAUL

Un franc ; mais c'est pour donner aux pauvres, aussi bien que pour m'amuser.

SOPHIE

Bon ! moi, j'ai aussi un franc ; ce qui fait deux francs par semaine. Au lieu de dépenser notre argent, gardons-le jusqu'à ce que nous puissions acheter un âne et une charrette.

PAUL

Ton idée serait bonne si, au lieu de deux francs, nous en avions vingt : mais avec deux francs nous ne pourrions plus rien donner aux pauvres, ce qui serait mal, et puis il nous faudrait attendre deux ans avant d'avoir de quoi acheter un âne et une voiture.

SOPHIE

Deux francs par semaine, combien cela fait-il par mois ?

PAUL

Je ne sais pas au juste, mais je sais que c'est très peu.

SOPHIE, *réfléchissant*

Eh bien ! voilà une autre idée. Si nous demandions à maman et à ma tante de nous donner tout de suite l'argent de nos étrennes ?

PAUL

Elles ne voudront pas.

SOPHIE

Demandons-le toujours.

PAUL

Demande si tu veux ; moi j'aime mieux attendre ce que te dira ma tante ; je ne demanderai que si elle dit oui.

Sophie courut chez sa maman, qui fit semblant de n'avoir rien entendu.

« Maman, dit-elle, voulez-vous me donner d'avance mes étrennes ?

MADAME DE RÉAN

Tes étrennes ? Je ne peux pas te les acheter ici ; c'est à notre retour à Paris que je les aurai.

SOPHIE

Oh ! maman, je voudrais que vous me donniez l'argent de mes étrennes ; j'en ai besoin.

MADAME DE RÉAN

Comment peux-tu avoir besoin de tant d'argent ? Si

c'est pour les pauvres, dis-le-moi, je donnerai ce qui est nécessaire : tu sais que je ne te refuse jamais pour les pauvres.

SOPHIE, *embarrassée*

Maman, ce n'est pas pour les pauvres ; c'est..., c'est pour acheter un âne.

MADAME DE RÉAN

Pour quoi faire, un âne ?

SOPHIE

Oh ! maman, nous en avons tant besoin, Paul et moi ! Voyez comme j'ai chaud ; Paul a encore plus chaud que moi. C'est parce que nous avons brouetté de la terre pour notre jardin.

MADAME DE RÉAN, *riant*

Et tu crois qu'un âne brouettera à votre place ?

SOPHIE

Mais non, maman ! Je sais bien qu'un âne ne peut pas brouetter ; c'est que je ne vous ai pas dit qu'avec l'âne il nous faudrait une charrette, nous y attellerons notre âne et nous mènerons beaucoup de terre sans nous fatiguer.

MADAME DE RÉAN

J'avoue que ton idée est bonne.

SOPHIE, *battant des mains*

Ah ! je savais bien qu'elle était bonne... Paul, Paul ! ajouta-t-elle, appelant à la fenêtre.

MADAME DE RÉAN

Attends avant de te réjouir. Ton idée est bonne, mais je ne veux pas te donner l'argent de tes étrennes.

Mais alors... comment ferons-nous ?...

MADAME DE RÉAN

Vous resterez bien tranquilles et tu continueras à être bien sage pour mériter l'âne et la petite voiture, que je vais te faire acheter le plus tôt possible.

SOPHIE, *sautant de joie et embrassant sa maman*

Quel bonheur ! quel bonheur ! Merci, ma chère maman. Paul, Paul ! Nous avons un âne, nous avons une voiture... Viens donc, vite !

PAUL, *accourant*

Où donc, où donc ? Où sont-ils ?

SOPHIE

Maman nous les donne ; elle va les faire acheter.

MADAME DE RÉAN

Oui, je vous les donne à tous deux : à toi, Paul, pour te récompenser de ta bonté, de ton obéissance, de ta sagesse ; à toi, Sophie, pour t'encourager à imiter ton cousin et à te montrer toujours douce, obéissante et travailleuse, comme tu l'es depuis quinze jours. Venez avec moi chercher Lambert ; nous lui expliquerons notre affaire et il nous achètera votre âne et votre voiture. »

Les enfants ne se le firent pas dire deux fois, ils coururent en avant ; ils trouvèrent Lambert dans la cour, où il mesurait de l'avoine qu'il venait d'acheter.

Les enfants se mirent à lui expliquer avec tant d'animation ce qu'ils voulaient, ils parlaient ensemble et si vite, que Lambert n'y comprit rien. Il regardait avec étonnement les enfants et Mme de Réan, qui prit enfin la parole et qui expliqua la chose à Lambert.

Allez tout de suite, Lambert, je vous en prie ; il nous faut notre âne tout de suite, avant de dîner.

LAMBERT, *riant*

Un âne ne se trouve pas comme une baguette, mademoiselle. Il faut que je sache s'il y en a à vendre, que je coure dans tous les environs, pour vous en avoir un bien doux, qui ne rue pas, qui ne morde pas, qui ne soit point entêté, qui ne soit ni trop jeune ni trop vieux.

SOPHIE

Dieu, que de choses pour un âne ! Prenez le premier que vous trouverez, Lambert ; ce sera plus tôt fait.

LAMBERT

Non, mademoiselle, je ne prendrai pas le premier venu : je vous exposerais à vous faire mordre ou à recevoir un coup de pied.

SOPHIE

Bah ! bah ! Paul saura bien le rendre sage.

PAUL

Mais pas du tout ; je ne veux pas mener un âne qui mord et qui rue.

MADAME DE RÉAN

Laissez faire Lambert, mes enfants ; vous verrez que votre commission sera très bien faite. Il s'y connaît et il ne ménage pas sa peine.

PAUL

Et la voiture, ma tante ? Comment pourra-t-on en avoir une assez petite pour y atteler l'âne ?

LAMBERT

Ne vous tourmentez pas, monsieur Paul : en attendant que le charron en fasse une, je vous prêterai ma grande voiture à chiens ; vous la garderez tant que cela vous fera plaisir.

PAUL

Oh ! merci, Lambert ; ce sera charmant.

SOPHIE

Partez, Lambert, partez vite.

MADAME DE RÉAN

Donne-lui le temps de serrer son avoine ; s'il la laissait au milieu de la cour, les poulets et les oiseaux la mangeraient.

Lambert rangea ses sacs d'avoine au fond de la grange et, voyant l'impatience des enfants, partit pour trouver un âne dans les environs.

Sophie et Paul croyaient qu'il allait revenir très promptement, ramenant un âne ; ils restèrent devant la maison à l'attendre. De temps en temps ils allaient voir dans la cour si Lambert revenait ; au bout d'une heure ils commencèrent à trouver que c'était fort ennuyeux d'attendre et de ne pas jouer.

PAUL, bâillant

Dis donc, Sophie, si nous allions nous amuser dans notre jardin ?

SOPHIE, bâillant

Est-ce que nous ne nous amusons pas ici ?

PAUL, bâillant

Il me semble que non. Pour moi, je sais que je ne m'amuse pas du tout.

SOPHIE

Et si Lambert arrive avec l'âne, nous ne le verrons pas.

PAUL

Je commence à croire qu'il ne viendra pas si tôt.

SOPHIE

Moi, je crois, au contraire, qu'il va arriver.

PAUL

Attendons, je veux bien..., mais *(il bâille)*... c'est bien ennuyeux.

SOPHIE

Va-t'en, si tu t'ennuies ; je ne te demande pas de rester, je resterai bien toute seule.

PAUL, *après avoir hésité*

Eh bien ! je m'en vais, tiens ; c'est trop bête de perdre sa journée à attendre. Et à quoi bon ? Si Lambert ramène un âne, nous le saurons tout de suite ; tu penses bien qu'on viendra nous le dire dans notre jardin. Et s'il n'en ramène pas, à quoi sert de nous ennuyer pour rien ?

SOPHIE

Allez, monsieur, allez, je ne vous en empêche pas.

PAUL

Ah bah ! tu boudes sans savoir pourquoi. Au revoir, à dîner, mademoiselle grognon.

SOPHIE

Au revoir, monsieur malappris, maussade, désagréable, impertinent.

PAUL *fait un signe moqueur*

Au revoir, douce, patiente, aimable Sophie !

Sophie courut à Paul pour lui donner une tape ; mais Paul, prévoyant ce qui allait arriver, était déjà parti à toutes jambes. Se retournant pour voir si Sophie le poursuivait, il la vit courant après lui avec un bâton qu'elle avait ramassé. Paul courut plus fort et se cacha dans le bois. Sophie, ne le voyant plus, retourna devant la maison.

« Quel bonheur, pensa-t-elle, que Paul se soit sauvé, et que je n'aie pas pu l'attraper ! Je lui aurais donné un coup de bâton qui lui aurait fait mal ; maman l'aurait su, et n'aurait plus voulu me donner mon âne ni ma voiture. Quand Paul reviendra, je l'embrasserai... Il est très bon,... mais il est tout de même bien taquin. »

Sophie continua à attendre Lambert jusqu'à ce que la cloche eût sonné le dîner.

Elle rentra fâchée d'avoir attendu si longtemps pour rien. Paul, qu'elle retrouva dans sa chambre, la regarda d'un air un peu moqueur.

« T'es-tu bien amusée ? lui dit-il.

SOPHIE

Non ; je me suis horriblement ennuyée, et tu avais bien raison de vouloir t'en aller. Ce Lambert ne revient pas ; c'est ennuyeux !

PAUL

Je te l'avais bien dit.

SOPHIE

Eh oui, tu me l'avais bien dit, je le sais bien. Mais c'est tout de même fort ennuyeux. »

On frappe à la porte. La bonne crie : « Entrez. » La porte s'ouvre, Lambert, paraît. Sophie et Paul poussent un cri de joie.

« Et l'âne, et l'âne ? demandent-ils.

LAMBERT

Il n'y a pas d'âne à vendre dans le pays, mademoiselle ; j'ai toujours marché depuis que je vous ai quittés ; je suis entré partout où je pensais trouver un âne. Je n'ai rien trouvé.

SOPHIE, *pleurant*

Quel malheur, mon Dieu, quel malheur ! Comment faire à présent ?

LAMBERT

Mais il ne faut pas vous désoler, mademoiselle ; nous en aurons un, bien sûr ; seulement il faut attendre.

PAUL

Attendre combien de temps ?

LAMBERT

Peut-être une semaine, peut-être une quinzaine, cela dépend. Demain j'irai au marché, à la ville ; peut-être trouverons-nous un bourri.

PAUL

Un bourri ! Qu'est-ce que c'est que ça, un bourri ?

LAMBERT

Tiens, vous qui êtes si savant, vous ne savez pas cela ? Un bourri, c'est un âne.

SOPHIE

C'est drôle, un bourri ! Je ne savais pas cela, moi non plus.

LAMBERT

Ah ! voilà, mademoiselle ! On devient savant à mesure qu'on grandit. Je vais trouver votre maman pour lui dire que demain, de grand matin, faut que j'aille au marché pour le bourri. Au revoir, monsieur et mademoiselle. »

Et Lambert sortit, laissant les enfants contrariés de ne pas avoir leur âne.

« Nous l'attendrons peut-être longtemps », dirent-ils en soupirant.

La matinée du lendemain se passa à attendre l'âne. Mme de Réan avait beau leur dire que c'est presque toujours comme cela, qu'il est impossible d'avoir tout ce qu'on désire et à la minute qu'on le désire, qu'il faut s'habituer à attendre et même quelquefois à ne jamais avoir ce dont on a bien envie ; les enfants répondaient : « C'est vrai », mais ils n'en soupiraient pas moins, ils regardaient avec la même impatience si Lambert revenait avec un âne. Enfin, Paul, qui était à la fenêtre, crut entendre au loin un hi han ! hi han ! qui ne pouvait venir que d'un âne.

« Sophie, Sophie, s'écria-t-il, écoute. Entends-tu un âne qui brait ? C'est peut-être Lambert.

MADAME DE RÉAN

Peut-être est-ce un âne du pays, ou un âne qui passe sur la route.

SOPHIE

Oh ! maman, permettez-moi d'aller voir si c'est Lambert avec le bourri.

MADAME DE RÉAN

Le bourri ? Qu'est-ce que c'est que cette manière de parler ? Il n'y a que les gens de la campagne qui appellent un âne un bourri.

PAUL

Ma tante, c'est Lambert qui nous a dit qu'un âne s'appelait un bourri : il a même été étonné que nous ne le sachions pas.

MADAME DE RÉAN

Lambert parle comme les gens de la campagne,

mais, vous qui vivez au milieu de gens plus instruits, vous devez parler mieux.

SOPHIE

Oh ! maman, j'entends encore le hi han ! de l'âne ; pouvons-nous aller voir ?

MADAME DE RÉAN

Allez, allez, mes enfants ; mais n'allez que jusqu'à la grand'route : ne passez pas la barrière. »

Sophie et Paul partirent comme des flèches. Ils coururent au travers de l'herbe et du bois, pour être plus tôt arrivés. Mme de Réan leur criait : « N'allez pas dans l'herbe, elle est trop haute ; ne traversez pas le bois, il y a des épines. » Ils n'entendaient pas et couraient, bondissaient comme des chevreuils. Ils furent bientôt arrivés à la barrière, et la première chose qu'ils aperçurent sur la grand'route, ce fut Lambert, menant par un licou un âne superbe, mais pas trop grand cependant.

« Un âne, un âne ! merci Lambert, merci ! Quel bonheur ! s'écrièrent-ils ensemble.

— Comme il est joli ! dit Paul.

— Comme il a l'air bon ! dit Sophie. Allons vite le dire à maman.

LAMBERT

Tenez, monsieur Paul, montez dessus ; mademoiselle Sophie va monter derrière vous ; je le tiendrai par son licou.

SOPHIE

Mais si nous tombons ?

LAMBERT

Ah ! il n'y a pas de danger, je vais marcher près de

145

vous. D'ailleurs, on me l'a vendu pour un bourri parfait et très doux. »

Lambert aida Paul et Sophie à monter sur l'âne ; il marcha près d'eux. Ils arrivèrent ainsi jusque sous les fenêtres de Mme de Réan, qui, les voyant venir, sortit pour mieux voir l'âne.

On le mena à l'écurie ; Sophie et Paul lui donnèrent de l'avoine ; Lambert lui fit une bonne litière avec de la paille. Les enfants voulaient rester là à le regarder manger ; mais l'heure du dîner approchait, il fallait se laver les mains, se peigner, et l'âne fut laissé en compagnie des chevaux jusqu'au lendemain.

Le lendemain et les jours suivants, l'âne fut attelé à la petite charrette à chiens, en attendant que le charron fît une jolie voiture pour promener les enfants et une petite charrette pour charrier de la terre, des pots de fleurs, du sable, tout ce qu'ils voulaient mettre dans leur jardin. Paul avait appris à atteler et dételer l'âne, à le brosser, le peigner, lui faire sa litière, lui donner à manger, à boire. Sophie l'aidait et s'en tirait presque aussi bien que lui.

Mme de Réan leur avait acheté un bât et une jolie selle pour les faire monter à âne. Dans les premiers temps, la bonne les suivait ; mais quand on vit l'âne doux comme un agneau, Mme de Réan leur permit d'aller seuls, pourvu qu'ils ne sortissent pas du parc.

Un jour, Sophie était montée sur l'âne : Paul le faisait avancer en lui donnant force coups de baguette. Sophie lui dit :

« Ne le bats pas, tu lui fais mal.

PAUL

Mais, quand je ne le tape pas, il n'avance pas ; d'ailleurs ma baguette est si mince qu'elle ne peut pas lui faire grand mal.

SOPHIE

J'ai une idée ! Si, au lieu de le taper, je le piquais avec un éperon ?

PAUL

Voilà une drôle d'idée. D'abord tu n'as pas d'éperon ; ensuite la peau de l'âne est si dure qu'il ne sentirait pas l'éperon.

SOPHIE

C'est égal ; essayons toujours ; tant mieux si l'éperon ne lui fait pas de mal.

PAUL

Mais je n'ai pas d'éperon à te donner.

SOPHIE

Nous en ferons un avec une grosse épingle que nous piquerons dans mon soulier ; la tête sera en dedans du soulier, et la pointe sera en dehors.

PAUL

Tiens, mais c'est très bien imaginé ! As-tu une épingle ?

SOPHIE

Non, mais nous pouvons retourner à la maison ; je demanderai des épingles à la cuisine : il y en a toujours de très grosses. »

Paul monta en croupe sur l'âne, et ils arrivèrent au galop devant la cuisine. Le cuisinier leur donna deux épingles, croyant que Sophie en avait besoin pour cacher un trou à sa robe. Sophie ne voulut pas arranger son éperon devant la maison, car elle sentait bien qu'elle faisait une sottise, et elle avait peur que sa maman ne la grondât.

« Il vaut mieux, dit-elle, arranger cela dans le bois ;

us nous assoirons sur l'herbe, et l'âne mangera pendant que nous travaillerons ; nous aurons l'air de voyageurs qui se reposent. »

Arrivés dans le bois, Sophie et Paul descendirent ; l'âne, content d'être libre, se mit à manger l'herbe du bord des chemins. Sophie et Paul s'assirent par terre et commencèrent leur ouvrage. La première épingle perça bien le soulier, mais elle plia tellement qu'elle ne put pas servir. Ils en avaient heureusement une autre, qui entra facilement dans le soulier déjà percé ; Sophie le mit, l'attacha. Paul rattrapa l'âne, aida Sophie à monter dessus, et la voilà qui donne des coups de talon et pique l'âne avec l'épingle. L'âne part au trot. Sophie, enchantée, pique encore et encore ; l'âne se met à galoper, et si vite que Sophie a peur ; elle se cramponne à la bride. Dans sa frayeur elle serre son talon contre l'âne ; plus elle appuie, plus elle pique ; il se met à ruer, à sauter, et il lance Sophie à dix pas de lui. Sophie reste sur le sable, étourdie par la chute. Paul, qui était demeuré en arrière, accourt, effrayé ; il aide Sophie à se relever ; elle avait les mains et le nez écorchés.

« Que va dire maman ? dit-elle à Paul. Que lui dirons-nous quand elle nous demandera comment j'ai pu tomber ?

PAUL

Nous lui dirons la vérité.

SOPHIE

Oh ! Paul ! pas tout, pas tout ; ne parle pas de l'épingle.

PAUL

Mais que veux-tu que je dise ?

SOPHIE

Dis que l'âne a rué et que je suis tombée.

148

Mais l'âne est si doux, il n'aurait jamais rué sans ta maudite épingle.

SOPHIE

Si tu parles de l'épingle, maman nous grondera : elle nous ôtera l'âne.

PAUL

Moi, je crois qu'il vaut mieux toujours dire la vérité ; toutes les fois que tu as voulu cacher quelque chose à ma tante, elle l'a su tout de même, et tu as été punie plus fort que tu ne l'aurais été si tu avais dit la vérité.

SOPHIE

Mais pourquoi veux-tu que je parle de l'épingle ? Je ne suis pas obligée de mentir pour cela. Je dirais la vérité, que l'âne a rué et que je suis tombée.

PAUL

Fais comme tu voudras, mais je crois que tu as tort.

SOPHIE

Mais toi, Paul, ne dis rien ; ne va pas parler de l'épingle.

PAUL

Sois tranquille ; tu sais que je n'aime pas à te faire gronder. »

Paul et Sophie cherchèrent l'âne, qui devait être près de là ; ils ne le trouvèrent pas. « Il sera sans doute retourné à la maison », dit Paul.

Sophie et Paul reprirent comme l'âne le chemin de la maison ; ils étaient dans un petit bois qui se trouvait tout près du château lorsqu'ils entendirent appeler et qu'ils virent accourir leurs mamans.

« Qu'est-il arrivé, mes enfants ? Êtes-vous blessés ?

149

Nous avons vu revenir votre âne au galop avec la sangle cassée ; il avait l'air effrayé, effaré ; on a eu de la peine à le rattraper. Nous avions peur qu'il ne vous fût arrivé un accident.

SOPHIE

Non, maman, rien du tout ; seulement je suis tombée.

MADAME DE RÉAN

Tombée ? Comment ? Pour quelle raison ?

SOPHIE

J'étais sur l'âne et je ne sais pourquoi il s'est mis à sauter et à ruer ; je suis tombée sur le sable et je me suis un peu écorché le nez et les mains : mais ce n'est rien.

Pourquoi donc l'âne a-t-il rué, Paul ? Je le croyais si doux !

PAUL, *embarrassé*

C'est Sophie qui était dessus, maman ; c'est avec elle qu'il a rué.

MADAME D'AUBERT

Très bien, je comprends. Mais qu'est-ce qui a pu le faire ruer ?

SOPHIE

Oh ! ma tante, c'est parce qu'il avait envie de ruer.

MADAME D'AUBERT

Je pense bien que ce n'est pas parce qu'il voulait rester tranquille. Mais c'est singulier tout de même. »

On rentrait à la maison comme Mme d'Aubert achevait de parler ; Sophie alla dans sa chambre pour laver sa figure et ses mains, qui étaient pleines de sable, et pour changer sa robe, qui était salie et déchirée. Mme de Réan entra comme elle finissait de s'habiller ; elle examina sa robe déchirée.

« Il faut que tu sois tombée bien rudement, dit-elle, pour que ta robe soit déchirée et salie comme elle est.

— Ah ! dit la bonne.

LA BONNE

Ah ! la belle idée ! Ha ! ha ! ha ! Voilà une invention ! Regardez donc, madame ! »

Et elle montra à Mme de Réan la grosse épingle avec laquelle elle venait de se piquer, et que Sophie avait oublié d'ôter après sa chute.

MADAME DE RÉAN

Qu'est-ce que cela veut dire ? Comment cette épingle se trouve-t-elle au soulier de Sophie ?

LA BONNE

Elle n'y est pas venue toute seule certainement, car le cuir est assez dur à percer.

MADAME DE RÉAN

Parle donc, Sophie ; explique-nous comment cette épingle se trouve là.

SOPHIE, *très embarrassée*.

Je ne sais pas, maman, je ne sais pas du tout.

MADAME DE RÉAN

Comment ! Tu ne sais pas ? Tu as mis tes souliers avec l'épingle sans t'en apercevoir ?

SOPHIE

Oui, maman ! Je n'ai rien vu.

LA BONNE

Ah ! par exemple, mademoiselle Sophie, ce n'est pas vrai, cela. C'est moi qui vous ai mis vos souliers, et je sais qu'il n'y avait pas d'épingle. Vous feriez croire à votre maman que je suis une négligente ! Ce n'est pas bien cela, mademoiselle. »

Sophie ne répond pas ; elle est de plus en plus rouge et embarrassée. Mme de Réan lui ordonne de parler.

« Si vous n'avouez pas la vérité, mademoiselle, j'irai la demander à Paul, qui ne ment jamais. »

Sophie éclata en sanglots, mais elle s'entêta à ne rien avouer. Mme de Réan alla chez sa sœur Mme d'Aubert ; elle y trouva Paul, auquel elle demanda ce que voulait dire l'épingle du soulier de Sophie. Paul, croyant sa tante très fâchée et pensant que Sophie avait dit la vérité, répondit :

« C'était pour faire un éperon, ma tante.

Et pour quoi faire, un éperon ?

PAUL

Pour faire galoper l'âne.

MADAME DE RÉAN

Ah ! je comprends pourquoi l'âne a rué et a jeté Sophie par terre. L'épingle piquait le pauvre animal, qui s'en est débarrassé comme il a pu. »

Mme de Réan sortit et revint trouver Sophie.

« Je sais tout mademoiselle, dit-elle. Vous êtes une petite menteuse. Si vous m'aviez dit la vérité, je vous aurais un peu grondée, mais je ne vous aurais pas punie ; maintenant vous allez être un mois sans monter à âne, pour vous apprendre à mentir comme vous l'avez fait. »

Mme de Réan laissa Sophie pleurant. Quand Paul la revit, il ne put s'empêcher de lui dire :

« Je te l'avais bien dit, Sophie ! Si tu avais avoué la vérité, nous aurions notre âne, et tu n'aurais pas le chagrin que tu as. »

Mme de Réan tint parole et ne permit pas qu'on montât l'âne, malgré les demandes de Sophie.

XX
La petite voiture

Sophie, voyant que sa maman ne lui laissait pas monter l'âne, dit un jour à Paul :

« Puisque nous ne pouvons pas monter notre âne, Paul, attelons-le à notre petite voiture ; nous mènerons chacun notre tour.

Je ne demande pas mieux ; mais ma tante le permettra-t-elle ?

Va le lui demander. Je n'ose pas. »

Paul courut chez sa tante et lui demanda la permission d'atteler l'âne.

Mme de Réan y consentit à la condition que la bonne irait avec eux. Quand Paul le dit à Sophie, elle grogna.

« C'est ennuyeux d'avoir ma bonne, dit-elle ; elle a toujours peur de tout ; elle ne nous laissera pas aller au galop.

Oh ! mais il ne faut pas aller au galop ; tu sais que ma tante le défend. »

Sophie ne répondit pas, et bouda pendant que Paul courait chercher la bonne et faire atteler l'âne. Une demi-heure après, l'âne était à la porte avec la voiture.

Sophie monta dedans toujours boudant ; elle fut maussade pendant toute la promenade, malgré les efforts du pauvre Paul pour la rendre gaie et aimable. Enfin il lui dit :

« Ah ! tu m'ennuies avec tes airs maussades ! Je m'en vais à la maison : cela m'ennuie de parler tout seul, de jouer seul, de regarder ta figure boudeuse. »

Et Paul dirigea l'âne du côté de la maison, Sophie continuait à bouder. Quand ils arrivèrent, elle descendit, accrocha son pied au marchepied et tomba. Le bon Paul sauta à terre et l'aida à se relever : elle ne s'était pas fait mal, mais la bonté de Paul la toucha et elle se mit à pleurer.

« Tu t'es fait mal, ma pauvre Sophie ? disait Paul en l'embrassant. Appuie-toi sur moi ; n'aie pas peur, je te soutiendrai bien.

— Non, mon cher Paul, répondit Sophie en sanglotant ; je ne me suis pas fait mal ; je pleure de repentir ; je pleure parce que j'ai été méchante pour toi, qui es toujours si bon pour moi.

PAUL

Il ne faut pas pleurer pour cela, ma pauvre Sophie. Je n'ai pas de mérite à être bon pour toi, parce que je t'aime et qu'en te faisant plaisir je me fais plaisir à moi-même. »

Sophie se jeta au cou de Paul et l'embrassa en pleurant plus fort. Paul ne savait plus comment la consoler ; enfin il lui dit :

« Écoute, Sophie, si tu pleures toujours, je vais pleurer aussi : cela me fait de la peine de te voir du chagrin. »

Sophie essuya ses yeux et lui promit, en pleurant toujours, de ne plus pleurer.

« Oh ! Paul ! lui dit-elle, laisse-moi pleurer ; cela fait du bien ; je sens que je deviens meilleure. »

Mais, quand elle vit que les yeux de Paul commençaient aussi à se mouiller de larmes, elle sécha les siens, elle reprit un visage riant, et ils montèrent ensemble dans leur chambre, où ils jouèrent jusqu'au dîner.

Le lendemain, Sophie proposa une nouvelle promenade en voiture à âne. La bonne lui dit qu'elle avait à savonner et qu'elle ne pourrait pas y aller. La maman et la tante étaient obligées d'aller faire une visite à une lieue de là, chez Mme de Fleurville.

« Comment allons-nous faire ? dit Sophie d'un air désolé.

— Si j'étais sûre que vous soyez tous deux bien sages, dit Mme de Réan, je vous permettrais d'aller seuls ; mais toi, Sophie, tu as toujours des idées si

157

singulières, que j'ai peur d'un accident causé par *une idée.*

SOPHIE

Oh non ! maman, soyez tranquille ! Je n'aurai pas d'*idée,* je vous assure. Laissez-nous aller seuls tous les deux : l'âne est si doux !

MADAME DE RÉAN

L'âne est doux quand on ne le tourmente pas ; mais, si tu te mets à le piquer comme tu as fait l'autre jour, il fera culbuter la voiture.

PAUL

Oh ! ma tante, Sophie ne recommencera pas,... ni moi non plus ; car j'ai mérité d'être grondé autant qu'elle, puisque je l'ai aidée à percer son soulier avec l'épingle.

MADAME DE RÉAN

Voyons, je veux bien vous laisser aller seuls, mais ne sortez pas du jardin ; n'allez pas sur la grand'route, et n'allez pas trop vite.

— Merci, maman, merci ma tante », s'écrièrent les enfants ; et ils coururent à l'écurie pour atteler leur âne.

Quand il fut prêt, ils virent arriver les deux petits garçons du fermier qui revenaient de l'école.

« Vous allez promener en voiture, m'sieur ? dit l'aîné, qui s'appelait André.

PAUL

Oui ; veux-tu venir avec nous ?

ANDRÉ

Je ne peux pas laisser mon frère, m'sieur !

SOPHIE

Eh bien ! emmène ton frère avec toi.

158

ANDRÉ

Je veux bien, mamzelle : merci bien.

SOPHIE

Voyons, qui est-ce qui monte sur le siège pour mener ?

PAUL

Si tu veux commencer, voilà le fouet.

SOPHIE

Non, j'aime mieux mener plus tard, quand l'âne sera un peu fatigué et moins vif. »

Les enfants montèrent tous les quatre dans la voiture ; ils se promenèrent pendant deux heures, tantôt au pas, tantôt au trot ; ils menaient chacun à leur tour, mais l'âne commençait à se fatiguer ; il ne sentait pas beaucoup le petit fouet avec lequel les enfants le tapaient, de sorte qu'il ralentissait de plus en plus, malgré les coups de fouet et les *hue ! hue donc !* de Sophie, qui menait.

ANDRÉ

Ah ! mamzelle, si vous voulez le faire marcher, je vais vous avoir une branche de houx ; en tapant avec, il marchera, bien sûr.

SOPHIE

C'est une bonne idée cela ; nous allons le faire marcher ce paresseux », dit Sophie.

Elle arrêta ; André descendit et alla casser une grosse branche de houx, qui était au bord du chemin.

« Prends garde, Sophie, dit Paul ; tu sais que ma tante a défendu de piquer l'âne.

SOPHIE

Tu crois que le houx va le piquer comme l'épingle de

l'autre jour ? Il ne le sentira pas seulement.

PAUL

Alors pourquoi as-tu laissé André casser cette branche de houx ?

SOPHIE

Parce qu'elle est plus grosse que notre fouet. »

Et Sophie donna un grand coup sur le dos de l'âne,

qui prit le trot. Sophie, enchantée d'avoir réussi, lui en
donna un second coup, puis un troisième ; l'âne trottait
de plus en plus fort. Sophie riait, les deux petits
fermiers aussi. Paul ne riait pas : il était un peu
inquiet, et il craignait qu'il n'arrivât quelque chose et
que Sophie ne fût grondée et punie. Ils arrivaient à une
descente longue et assez raide. Sophie redouble de
coups ; l'âne s'impatiente et part au galop. Sophie veut

l'arrêter, mais trop tard ; l'âne était emporté et courait tant qu'il avait de jambes. Les enfants criaient tous à la fois, ce qui effrayait l'âne et le faisait courir plus fort ! Enfin il passa sur une grosse motte de terre, et la voiture versa ; les enfants restèrent par terre, et l'âne continua de traîner la voiture renversée jusqu'à ce qu'elle fût brisée.

La voiture était si basse que les enfants ne furent pas blessés, mais ils eurent tous le visage et les mains écorchés. Ils se relevèrent tristement ; les petits fermiers s'en allèrent à la ferme ; Sophie et Paul retournèrent à la maison. Sophie était honteuse et inquiète ; Paul était triste. Après avoir marché quelque temps sans rien dire, Sophie dit à Paul :

« Oh ! Paul, j'ai peur de maman ! Que va-t-elle me dire ?

PAUL, *tristement*

Quand tu as pris le houx, je pensais bien que tu ferais du mal à ce pauvre âne ; j'aurais dû te le dire plus vivement, tu m'aurais peut-être écouté.

SOPHIE

Non, Paul, je ne t'aurais pas écouté, parce que je croyais que le houx ne pouvait pas piquer à travers les poils épais de l'âne. Mais que va dire maman ?

PAUL

Hélas ! Sophie, pourquoi es-tu désobéissante ? Si tu écoutais ma tante, tu serais moins souvent punie et grondée.

SOPHIE

Je tâcherai de me corriger ; je t'assure que je tâcherai. C'est que c'est si ennuyeux d'obéir !

C'est bien plus ennuyeux d'être puni. Et puis, j'ai remarqué que les choses qu'on nous défend sont dangereuses ; quand nous les faisons, il nous arrive toujours quelque malheur, et, après, nous avons peur de voir ma tante et maman.

SOPHIE

C'est vrai ! Ah ! mon Dieu ! Voilà maman qui arrive ! Entends-tu la voiture ? Courons vite, pour rentrer avant qu'elle ne nous voie. »

Mais ils eurent beau courir, la voiture marchait plus vite qu'eux ; elle arrêtait devant le perron au moment où les enfants y arrivaient.

Mme de Réan et Mme d'Aubert virent tout de suite les écorchures du visage et des mains.

« Allons ! Voilà encore des accidents ! s'écria Mme de Réan. Que vous est-il arrivé ?

SOPHIE

Maman, c'est l'âne.

MADAME DE RÉAN

J'en étais sûre d'avance ; aussi ai-je été inquiète tout le temps de ma visite. Mais cet âne est donc enragé ? Qu'a-t-il fait pour que vous soyez écorchés ainsi ?

SOPHIE

Il nous a versés, maman, et je crois que la voiture est un peu cassée, car il a continué de courir après qu'elle a été renversée.

MADAME D'AUBERT

Je suis sûre que vous avez eu encore quelque invention qui aura taquiné ce pauvre âne. »

Sophie baisse la tête et ne répond pas. Paul rougit et ne dit rien.

« Sophie, dit Mme de Réan, je vois à vos mines que ta tante a deviné. Dis la vérité, et raconte-nous ce qui est arrivé. »

Sophie hésita un instant ; mais elle se décida à dire la vérité, et elle la raconta tout entière à sa maman et à sa tante.

« Mes chers enfants, dit Mme de Réan, depuis que vous avez cet âne, il vous arrive sans cesse des malheurs, et Sophie a continuellement des idées qui n'ont pas le sens commun. Je vais donc faire vendre ce malheureux animal, cause de tant de sottises.

SOPHIE ET PAUL, *ensemble*

Oh ! maman, oh ! ma tante, je vous en prie, ne le vendez pas. Jamais nous ne recommencerons, jamais.

Vous ne recommencerez pas la même sottise ; mais Sophie en inventera d'autres, peut-être plus dangereuses que les premières.

Non, maman, je vous assure que je ne ferai que ce que vous me permettrez ; je serai obéissante, je vous le promets.

Je veux bien attendre quelques jours encore ; mais je vous préviens qu'à la première *idée* de Sophie vous n'aurez plus d'âne. »

Les enfants remercièrent Mme de Réan, qui leur demanda où était l'âne. Ils se rappelèrent alors qu'il avait continué à courir, traînant après lui la voiture renversée.

Mme de Réan appela Lambert, lui raconta ce qui était arrivé, et lui dit d'aller voir où était cet âne. Lambert y courut ; il revint une heure après : les enfants l'attendaient.

« Eh bien ! Lambert ? s'écrièrent-ils ensemble.

Eh bien ! monsieur Paul et mademoiselle Sophie, il est arrivé malheur à votre âne.

Quoi ? Quel malheur ?

Il paraîtrait que la peur l'a prise, cette pauvre bête ; il a toujours couru du côté de la route ; la barrière était ouverte ; il s'y est précipité ; la diligence arrivait tout juste comme il traversait la grand'route ; le conducteur n'a pas pu arrêter à temps ses chevaux, qui ont culbuté l'âne et la voiture ; ils ont piétiné dessus ; ils sont tombés ; ils ont failli faire verser la diligence. Quand on les a relevés et dételés, l'âne était écrasé, mort ; il ne remuait pas plus qu'une pierre. »

Aux cris que poussèrent les enfants, les mamans et tous les domestiques accoururent : Lambert raconta de nouveau le malheur arrivé au pauvre âne. Les mamans emmenèrent Sophie et Paul pour tâcher de les consoler ; mais ils eurent de la peine, tant ils étaient affligés. Sophie se reprochait d'avoir été cause de la mort de son âne ; Paul se reprochait d'avoir laissé faire Sophie ; la journée s'acheva fort tristement. Longtemps après, Sophie pleurait quand elle voyait un âne qui ressemblait au sien. Elle n'en voulut plus avoir, et elle fit bien, car sa maman ne voulait plus lui en donner.

XXI
La tortue

Sophie aimait les bêtes : elle avait déjà eu un POULET, un ÉCUREUIL, un CHAT, un ÂNE ; sa maman ne voulait pas lui donner un chien, de peur qu'il ne devînt enragé, ce qui arrive assez souvent.

« Quelle bête pourrais-je donc avoir ? demanda-t-elle un jour à sa maman. J'en voudrais une qui ne pût pas me faire de mal, qui ne pût pas se sauver et qui ne fût pas difficile à soigner.

MADAME DE RÉAN, *riant*

Alors je ne vois que la tortue qui puisse te convenir.

C'est vrai, cela ! C'est très gentil, une tortue, et il n'y a pas de danger qu'elle se sauve.

MADAME DE RÉAN, *riant*

Et si elle voulait se sauver, tu aurais toujours le temps de la rattraper.

SOPHIE

Achetez-moi une tortue, maman, achetez-moi une tortue.

MADAME DE RÉAN

Quelle folie ! C'est en plaisantant que je te parlais d'une tortue, c'est une affreuse bête, lourde, laide, ennuyeuse ; je ne pense pas que tu puisses aimer un si sot animal.

SOPHIE

Oh ! maman, je vous en prie ! Elle m'amusera beaucoup. Je serai bien sage pour la gagner.

MADAME DE RÉAN

Puisque tu as envie d'une si laide bête, je puis bien te la donner, mais à deux conditions : la première, c'est que tu ne la laisseras pas mourir de faim ; la seconde, c'est qu'à la première grosse faute que tu feras, je te l'ôterai.

SOPHIE

J'accepte les conditions, maman, j'accepte. Quand aurai-je ma tortue ?

MADAME DE RÉAN

Tu l'auras après-demain. Je vais écrire ce matin même à ton père, qui est à Paris, de m'en acheter une : il l'enverra demain soir par la diligence, et tu l'auras après-demain de bonne heure.

167

Je vous remercie mille fois, maman. Paul va précisément arriver demain, il restera quinze jours avec nous : il aura le temps de s'amuser avec la tortue. »

Le lendemain, Paul arriva, à la grande joie de Sophie. Quand elle lui annonça qu'elle attendait une tortue, Paul se moqua d'elle et lui demanda ce qu'elle ferait d'une si affreuse bête.

« Nous lui donnerons de la salade, nous lui ferons un lit de foin ; nous la porterons sur l'herbe ; nous nous amuserons beaucoup, je t'assure. »

Le lendemain la tortue arriva : elle était grosse comme une assiette, épaisse comme une cloche à couvrir les plats ; sa couleur était laide et sale ; elle avait rentré sa tête et ses pattes.

« Dieu ! que c'est laid ! s'écria Paul.

— Moi je la trouve assez jolie, répondit Sophie un peu piquée.

PAUL, *d'un air moqueur*

Elle a surtout une jolie physionomie et un sourire gracieux !

Laisse-nous tranquilles : tu te moques de tout.

PAUL, *continuant*

Ce que j'aime en elle, c'est sa jolie tournure, sa marche légère.

SOPHIE, *se fâchant*

Tais-toi, te dis-je, je vais emporter ma tortue si tu te moques d'elle.

PAUL

Emporte, emporte, je t'en prie : ce n'est pas son esprit que je regretterai. »

Sophie avait bien envie de se jeter sur Paul et de lui donner une tape : mais elle se souvint de sa promesse et de la menace de sa maman, et elle se contenta de lancer à Paul un regard furieux. Elle voulut prendre la tortue pour la porter sur l'herbe : mais elle était trop lourde, elle la laissa retomber. Paul, qui se repentait de l'avoir taquinée, accourut pour l'aider ; il lui donna l'idée de mettre la tortue dans un mouchoir et de la porter à deux, tenant chacun un bout du mouchoir. Sophie, que la chute de la tortue avait effrayée, consentit à se laisser aider par Paul.

Quand la tortue sentit l'herbe fraîche, elle sortit ses pattes, puis sa tête, et se mit à manger l'herbe. Sophie et Paul la regardaient avec étonnement.

« Tu vois bien, dit Sophie, que ma tortue n'est pas si bête, ni si ennuyeuse.

— Non, c'est vrai, répondit Paul, mais elle est bien laide.

— Pour cela, dit Sophie, j'avoue qu'elle est laide ; elle a une affreuse tête.

— Et d'horribles pattes », ajouta Paul.

Les enfants continuèrent à soigner la tortue pendant

dix jours sans que rien d'extraordinaire arrivât. La tortue couchait dans un cabinet sur du foin ; elle mangeait de la salade, de l'herbe, et paraissait heureuse.

Un jour, Sophie eut une *idée ;* elle pensa qu'il faisait chaud, que la tortue devait avoir besoin de se rafraîchir, et qu'un bain dans la mare lui ferait du bien. Elle appela Paul et lui proposa de baigner la tortue.

PAUL

La baigner ? Où donc ?

SOPHIE

Dans la mare du potager ; l'eau y est fraîche et claire.

PAUL

Mais je crains que cela ne lui fasse du mal.

SOPHIE

Au contraire ; les tortues aiment beaucoup à se baigner ; elle sera enchantée.

PAUL

Comment sais-tu que les tortues aiment à se baigner ? Je crois, moi, qu'elles n'aiment pas l'eau.

SOPHIE

Je suis sûre qu'elles l'aiment beaucoup. Est-ce que les écrevisses n'aiment pas l'eau ? Est-ce que les huîtres n'aiment pas l'eau ? Ces bêtes-là ressemblent un peu à la tortue.

PAUL

Tiens, c'est vrai. D'ailleurs nous pouvons essayer. »

Et ils allèrent prendre la pauvre tortue, qui se chauffait tranquillement au soleil, sur l'herbe ; ils la portèrent à la mare et la plongèrent dedans. Aussitôt que la tortue sentit l'eau, elle sortit précipitamment sa tête et ses pattes pour tâcher de s'en tirer ; ses pattes gluantes ayant touché aux mains de Paul et de Sophie, tous deux la lâchèrent et elle tomba au fond de la mare.

Les enfants, effrayés, coururent à la maison du jardinier pour lui demander de repêcher la pauvre tortue. Le jardinier, qui savait que l'eau la tuerait, courut vers la mare ; elle n'était pas profonde ; il se jeta dedans après avoir ôté ses sabots et retroussé les jambes de son pantalon. Il voyait la tortue qui se débattait au fond de la mare, et il la retira promptement. Il la porta ensuite près du feu pour la sécher ; la pauvre bête avait rentré sa tête et ses pattes et ne bougeait plus. Quand elle fut bien chauffée, les enfants voulurent la reporter sur l'herbe au soleil.

« Attendez, monsieur, mademoiselle, dit le jardinier, je vais vous la porter. Je crois bien qu'elle ne mangera guère, ajouta-t-il.

— Est-ce que vous croyez que le bain lui a fait du mal ? demanda Sophie.

LE JARDINIER

Certainement que oui, il lui a fait mal ; l'eau ne va pas aux tortues.

PAUL

Croyez-vous qu'elle sera malade ?

LE JARDINIER

Malade, je n'en sais rien ; mais je crois bien qu'elle va mourir.

— Ah ! mon Dieu ! s'écria Sophie.

PAUL, *bas*

Ne t'effraie pas ; il ne sait ce qu'il dit. Il croit que les

tortues sont comme les chats, qui n'aiment pas l'eau. »

Ils étaient revenus sur l'herbe ; le jardinier posa doucement la tortue et retourna à son potager. Les enfants la regardaient de temps en temps, mais elle restait immobile ; ni sa tête ni ses pattes ne se montraient. Sophie était inquiète ; Paul la rassurait.

« Il faut la laisser faire comme elle veut, dit-il ; demain elle mangera et se promènera. »

Ils la reportèrent vers le soir sur son lit de foin et lui mirent des salades fraîches. Le lendemain, quand ils allèrent la voir, les salades étaient entières ; la tortue n'y avait pas touché.

« C'est singulier, dit Sophie ; ordinairement elle mange tout dans la nuit.

— Portons-la sur l'herbe, répondit Paul ; elle n'aime peut-être pas la salade. »

Paul, qui était inquiet, mais qui ne voulait pas l'avouer à Sophie, examinait attentivement la tortue, qui continuait à ne pas bouger.

« Laissons-la, dit-il à Sophie ; le soleil va la réchauffer et lui faire du bien.

SOPHIE

Est-ce que tu crois qu'elle est malade ?

PAUL

Je crois que oui. »

Il ne voulut pas ajouter : *Je crois qu'elle est morte,* comme il commençait à le craindre.

Pendant deux jours, Paul et Sophie continuèrent à porter la tortue sur l'herbe, mais elle ne bougeait pas, et ils la retrouvaient toujours comme ils l'avaient posée ; les salades qu'ils lui mettaient le soir se retrouvaient entières le lendemain. Enfin, un jour, en la mettant sur l'herbe, ils s'aperçurent qu'elle sentait mauvais.

« Elle est morte, dit Paul ; elle sent déjà mauvais. »

Ils étaient tous deux près de la tortue, se désolant et ne sachant que faire d'elle, quand Mme de Réan arriva près d'eux.

« Que faites-vous là, mes enfants ? Vous êtes immobiles comme des statues près de cette tortue,... qui est aussi immobile que vous », ajouta-t-elle en se baissant pour la prendre.

En l'examinant, Mme de Réan s'aperçut qu'elle sentait mauvais.

« Mais... elle est morte, s'écria-t-elle en la rejetant par terre ; elle sent déjà mauvais.

PAUL

Oui, ma tante, je crois qu'elle est morte.

MADAME DE RÉAN

De quoi a-t-elle pu mourir ? Ce n'est pas de faim, puisque vous la mettiez tous les jours sur l'herbe. C'est singulier qu'elle soit morte sans qu'on sache pourquoi.

SOPHIE

Je crois, maman, que c'est le bain qui l'a fait mourir.

MADAME DE RÉAN

Un bain ? Qui est-ce qui a imaginé de lui faire prendre un bain ?

SOPHIE, *honteuse*

C'est moi, maman : je croyais que les tortues aimaient l'eau fraîche, et je l'ai baignée dans la mare du potager ; elle est tombée au fond ; nous n'avons pas pu la rattraper ; c'est le jardinier qui l'a repêchée ; elle est restée longtemps dans l'eau

MADAME DE RÉAN

Ah ! c'est une de tes *idées*. Tu t'es punie toi-même, au reste ; je n'ai rien à te dire. Seulement, souviens-toi qu'à l'avenir tu n'auras aucun animal à soigner, ni à élever. Toi et Paul, vous les tuez ou vous les laissez mourir tous. Il faut jeter cette tortue, ajouta Mme de Réan. Lambert, venez prendre cette bête qui est morte, et jetez-la dans un trou quelconque. »

Ainsi finit la pauvre tortue, qui fut le dernier animal qu'eut Sophie. Quelques jours après, elle demanda à sa maman si elle ne pouvait pas avoir de charmants petits cochons d'Inde qu'on voyait à la ferme ; Mme de Réan refusa. Il fallut bien obéir, et Sophie vécut seule avec Paul, qui venait souvent passer quelques jours avec elle.

XXII
Le départ

« Paul, dit un jour Sophie, pourquoi ma tante d'Aubert et maman causent-elles toujours tout bas ? Maman pleure et ma tante aussi ; sais-tu pourquoi ?

PAUL

Non, je ne sais pas du tout ; pourtant j'ai entendu l'autre jour maman qui disait à ma tante : "Ce serait terrible d'abandonner nos parents, nos amis, notre pays" ; ma tante a répondu : "Surtout pour un pays comme l'Amérique."

SOPHIE

Eh bien ! qu'est-ce que cela veut dire ?

PAUL

Je crois que cela veut dire que maman et ma tante veulent aller en Amérique.

Mais ce n'est pas du tout terrible ; au contraire, ce sera très amusant. Nous verrons des tortues en Amérique.

PAUL

Et des oiseaux superbes ; des corbeaux rouges, orange, bleus, violets, roses, et pas comme nos affreux corbeaux noirs.

SOPHIE

Et des perroquets et des oiseaux-mouches. Maman m'a dit qu'il y en avait beaucoup en Amérique.

PAUL

Et puis des sauvages noirs, jaunes, rouges.

SOPHIE

Oh ! pour les sauvages, j'en aurai peur ; ils nous mangeraient peut-être.

PAUL

Mais nous n'irions pas demeurer chez eux ; nous les verrions seulement quand ils viendraient se promener dans les villes.

SOPHIE

Mais pourquoi irions-nous en Amérique ? Nous sommes très bien ici.

PAUL

Certainement. Je te vois très souvent, notre château est tout près du tien. Ce qui serait mieux encore, c'est que nous demeurions ensemble en Amérique. Oh ! alors, j'aimerais bien l'Amérique.

SOPHIE

Tiens, voilà maman qui se promène avec ma tante ;

elles pleurent encore ; cela me fait de la peine de les voir pleurer... Les voilà qui s'assoient sur le banc. Allons les consoler.

PAUL

Mais comment les consolerons-nous ?

SOPHIE

Je n'en sais rien : mais essayons toujours. »
Les enfants coururent à leurs mamans.
« Chère maman, dit Sophie, pourquoi pleurez-vous ?

MADAME DE RÉAN

Pour quelque chose qui me fait de la peine, chère petite, et que tu ne peux comprendre.

SOPHIE

Si fait, maman, je comprends très bien que cela vous fait de la peine d'aller en Amérique, parce que vous croyez que j'en serais très fâchée. D'abord, puisque ma tante et Paul viennent avec nous, nous serons très heureux. Ensuite, j'aime beaucoup l'Amérique, c'est un très joli pays. »
Mme de Réan regarda d'abord sa sœur, Mme d'Aubert, d'un air étonné, et puis ne put s'empêcher de sourire quand Sophie parla de l'Amérique, qu'elle ne connaissait pas du tout.

MADAME DE RÉAN

Qui t'a dit que nous allions en Amérique ? Et pourquoi crois-tu que ce soit cela qui nous donne du chagrin ?

PAUL

Oh ! ma tante, c'est que je vous ai entendue parler d'aller en Amérique, et vous pleuriez ; mais je vous assure que Sophie a raison et que nous serons très heureux en Amérique, si nous demeurons ensemble.

MADAME DE RÉAN

Oui, mes chers enfants, vous avez deviné. Nous devons bien réellement aller en Amérique.

PAUL

Et pourquoi donc, maman ?

MADAME D'AUBERT

Parce qu'un de nos amis, M. Fichini, qui vivait en Amérique, vient de mourir : il n'avait pas de parents, il était très riche ; il nous a laissé toute sa fortune. Ton père et celui de Sophie sont obligés d'aller en Amérique pour avoir cette fortune ; ta tante et moi, nous ne voulons pas les laisser partir seuls, et pourtant nous sommes tristes de quitter nos parents, nos amis, nos terres.

SOPHIE

Mais ce ne sera pas pour toujours, n'est-ce pas ?

MADAME DE RÉAN

Non, mais pour un an ou deux, peut-être.

SOPHIE

Eh bien, maman, il ne faut pas pleurer pour cela. Pensez donc que ma tante et Paul seront avec nous tout ce temps-là. Et puis, papa et mon oncle seront bien contents de ne plus être seuls.

Mme de Réan et Mme d'Aubert embrassèrent leurs enfants.

« Ils ont pourtant raison, ces enfants ! dit-elle à sa sœur, nous serons ensemble, et deux ans seront bien vite passés. »

Depuis ce jour elles ne pleurèrent plus.

« Vois-tu, dit Sophie à Paul, que nous les avons

consolées ! J'ai remarqué que les enfants consolent très facilement leurs mamans.

— C'est parce qu'elles les aiment », répondit Paul.

Peu de jours après, les enfants allèrent avec leurs mamans faire une visite d'adieu à leurs amies, Camille et Madeleine de Fleurville, qui furent très étonnées d'apprendre que Sophie et Paul allaient partir pour l'Amérique.

« Combien de temps y resterez-vous ? demanda Camille.

SOPHIE

Deux ans, je crois. C'est si loin !

PAUL

Quand nous reviendrons, Sophie aura six ans et moi huit ans.

MADELEINE

Et moi j'aurai huit ans aussi, et Camille neuf ans !

SOPHIE

Que tu seras vieille, Camille ! neuf ans !

CAMILLE

Rapporte-nous de jolies choses d'Amérique, des choses curieuses.

SOPHIE

Veux-tu que je te rapporte une tortue ?

MADELEINE

Quelle horreur ! Une tortue ! C'est si bête et si laid ! »

Paul ne put s'empêcher de rire.

« Pourquoi ris-tu, Paul ? demanda Camille.

PAUL

C'est parce que Sophie avait une tortue et qu'elle

s'est fâchée un jour contre moi parce que je lui disais absolument ce que tu viens de dire.

CAMILLE

Et qu'est-elle devenue, cette tortue ?

PAUL

Elle est morte après un bain que nous lui avons fait prendre dans la mare.

CAMILLE

Pauvre bête ! Je regrette de ne l'avoir pas vue. »

Sophie, qui n'aimait pas qu'on parlât de la tortue, proposa de cueillir des bouquets dans les champs : Camille leur offrit d'aller plutôt cueillir des fraises dans le bois. Ils acceptèrent tous avec plaisir et en trouvèrent beaucoup, qu'ils mangeaient à mesure qu'ils les trouvaient. Ils restèrent deux heures à s'amuser, après quoi il fallut se séparer. Sophie et Paul promirent de rapporter d'Amérique des fruits, des fleurs, des oiseaux-mouches, des perroquets. Sophie promit même d'apporter un petit sauvage, si on voulait bien lui en vendre un. Les jours suivants, ils continuèrent à faire des visites d'adieu, puis commencèrent les paquets. M. de Réan et M. d'Aubert attendaient à Paris leurs femmes et leurs enfants.

Le jour du départ fut un triste jour. Sophie et Paul même pleurèrent en quittant le château, les domestiques, les gens du village.

« Peut-être, pensaient-ils, ne reviendrons-nous jamais ! »

Tous ces pauvres gens avaient la même pensée, et tous étaient tristes.

Les mamans et les enfants montèrent dans une voiture attelée de quatre chevaux de poste ; les bonnes et les femmes de chambre suivaient, dans une calèche attelée de trois chevaux : il y avait un domestique sur

chaque siège. Après s'être arrêtés une heure en route
pour déjeuner, ils arrivèrent à Paris pour dîner. On ne
devait rester à Paris que huit jours, afin d'acheter tout
ce qui était nécessaire pour le voyage et pour le temps
qu'on croyait passer en Amérique.

Pendant ces huit jours, les enfants s'amusèrent beaucoup. Ils allèrent avec leurs mamans se promener au
Bois de Boulogne, aux Tuileries, au Jardin des Plantes ; ils allaient acheter toutes sortes de choses : des
habits, des chapeaux, des souliers, des gants, des livres
d'histoire, des joujoux, des provisions pour la route.
Sophie avait envie de toutes les bêtes qu'elle voyait à

vendre : elle demanda même à acheter la petite girafe du Jardin des Plantes. Paul avait envie de tous les livres, de toutes les images. On leur acheta à chacun un petit sac de voyage pour leurs affaires de toilette, leurs provisions de la journée et leurs joujoux, comme dominos, cartes, jonchets, etc.

Enfin arriva le jour tant désiré du départ pour Le Havre, port où ils devaient monter sur le navire qui les menait en Amérique. Ils surent, en arrivant au Havre, que leur navire, la SIBYLLE, ne devait partir que dans trois jours. On profita de ces trois jours pour se promener dans la ville : le bruit, le mouvement des rues, les bassins pleins de vaisseaux, les quais couverts de marchands, de perroquets, de singes, de toutes sortes de choses venant d'Amérique, amusaient beaucoup les enfants. Si Mme de Réan avait écouté Sophie, elle lui aurait acheté une dizaine de singes, autant de perroquets, de perruches, etc. Mais elle refusa tout, malgré les prières de Sophie.

Ces trois jours passèrent comme avaient passé les huit jours à Paris, comme avaient passé les quatre années de la vie de Sophie, les six années de celle de Paul : ils passèrent pour ne plus revenir. Mme de Réan et Mme d'Aubert pleuraient de quitter leur chère et belle France : M. de Réan et M. d'Aubert étaient tristes et cherchaient à consoler leurs femmes en leur promettant de les ramener le plus tôt possible. Sophie et Paul étaient enchantés : leur seul chagrin était de voir pleurer leurs mamans. Ils entrèrent dans le navire qui devait les emporter si loin, au milieu des orages et des dangers de la mer. Quelques heures après, ils étaient établis dans leurs cabines, qui étaient de petites chambres contenant chacune deux lits, leurs malles et les choses nécessaires pour la toilette. Sophie coucha avec Mme de Réan, Paul avec Mme d'Aubert, les deux papas ensemble. Ils mangeaient tous à la table du capi-

taine, qui aimait beaucoup Sophie : elle lui rappelait
Marguerite, qui restait en France. Le capitaine jouait
souvent avec Paul et Sophie : il leur expliquait tout ce
qui les étonnait dans le vaisseau, comment il marchait
sur l'eau, comment on l'aidait à avancer en ouvrant les
voiles, et bien d'autres choses encore.

Paul disait toujours :

« Je serai marin quand je serai grand : je voyagerai
avec le capitaine.

— Pas du tout, répondait Sophie ; je ne veux pas que
tu sois marin : tu resteras toujours avec moi.

PAUL

Pourquoi ne reviendrais-tu pas avec moi sur le vaisseau du capitaine ?

SOPHIE

Parce que je ne veux pas quitter maman : je resterai
toujours avec elle, et toi, tu resteras avec moi, entends-
tu ?

PAUL

J'entends. Je resterai, puisque tu le veux. »

Le voyage fut long : il dura bien des jours. Si vous
désirez savoir ce que devint Sophie, demandez à vos
mamans de vous faire lire les *Petites filles modèles,* où
vous retrouverez Sophie. Si vous voulez savoir ce
qu'est devenu Paul, vous le saurez en lisant *les Vacances,* où vous le retrouverez.

table

Comtesse de Ségur

Les malheurs de Sophie

Supplément réalisé par
Christian Biet,
Jean-Paul Brighelli,
Claude Millet
et Jean-Luc Rispail

Illustrations de Serge Bloch

ÊTES-VOUS SAGE COMME UNE IMAGE ?

Êtes-vous sage comme une image, à la manière de Paul, ou bien systématiquement pris en faute et puni comme Sophie ? Peut-être vous situez-vous à mi-chemin entre ces deux extrêmes ? Pour le savoir, répondez aux questions suivantes, en cochant la réponse qui vous correspond le mieux. Puis, faites le compte des △, ○, □, obtenus et reportez-vous à la page des solutions.

1. *Ce qui vous révolte le plus, c'est :*
A. D'être puni à tort ○
B. L'obligation d'écrire à vos grands-parents △
C. L'interdiction de regarder la télévision □

2. *Votre meilleur ami a fait une énorme bêtise :*
A. Vous imaginez une ruse pour que personne ne s'en aperçoive □
B. Vous lui conseillez d'avouer tout de suite ○
C. Vous vous dites que vous feriez volontiers la même bêtise △

3. *Votre mère vous ordonne de ranger votre chambre :*
A. Vous piquez une colère △
B. Vous poussez tout sous le lit □
C. Tout est propre et rangé en un quart d'heure ○

4. *On vous envoie chercher le pain alors que vous êtes plongé dans un livre passionnant :*
A. Furieux, vous y allez en rechignant pour la forme ○
B. Vous revenez avec dix gros pains pour qu'on vous laisse en paix les jours suivants □
C. Vous revenez avec le pain demandé, mais trois heures plus tard △

5. *En visite chez vous, votre tante a déposé dans l'entrée un chapeau ridicule :*
A. En cachette, vous arrachez toutes les plumes △
B. Vous vous écriez : « Oh, le beau chapeau que voilà ! » ○
C. Vous lui demandez où elle a déniché une horreur pareille □

6. *Vous avez cassé le vase que votre mère aime tant :*
A. Vous pensez que vous avez débarrassé le salon d'une horreur △
B. Vous essayez de le recoller □
C. Vous en achetez un autre beaucoup plus joli ○

7. *Si on vous dit « école », vous répondez :*
A. Cartable ○
B. Punition □
C. Récréation △

8. *Mme de Réan oblige Sophie à porter en collier les morceaux de l'abeille. Pour vous, cette punition est :*
A. Atroce □
B. Méritée ○
C. Très drôle △

9. *Vous détestez la cervelle et les poireaux, et l'on veut vous forcer dans le même repas à manger l'un et l'autre :*
A. Vous essayez de tout donner au chien □
B. Vous vous débrouillez pour être renvoyé dans votre chambre △
C. Vous mangez le tout en le salant de vos larmes ○

10. *Vous êtes en colère contre la monitrice de la colonie de vacances, vous rêvez de la transformer :*
A. En statue pour qu'elle se tienne tranquille ○
B. En gâteau pour la manger □
C. En grenouille pour l'écraser △

Solutions page 217

1
AU FIL DU TEXTE

Dix questions pour commencer
(p. 9-91)

Abordez cette première série de « malheurs » d'un bon pied : ne concentrez pas toute votre attention sur la seule héroïne. Gardez un œil sur ceux qui l'entourent : ils ne manquent pas d'intérêt non plus. Puis répondez à ces questions et reportez-vous à la page des solutions pour évaluer votre lecture.

1. *La poupée a les bras :*
A. En coton et percale
B. En cire
C. En bois

2. *Paul est âgé de :*
A. Cinq ans
B. Huit ans
C. Neuf ans et demi

3. *Les petits poissons de Mme de Réan ne sont :*
A. Pas plus gros que le petit doigt
B. Pas plus gros qu'une arête de sole
C. Pas plus gros qu'un tuyau de plume de pigeon

4. *Le beau poulet noir est emporté par :*
A. Un renard
B. Un vautour
C. Un aigle

5. *Pour saisir l'abeille sans se faire piquer, Sophie :*
A. Emprunte à sa mère une pince à épiler
B. Transperce l'abeille d'une épingle
C. Pose un mouchoir sur l'insecte

6. *Avec ses cheveux mouillés, Sophie à l'air :*
A. Désolée et ridicule
B. Triste et malheureuse
C. Fière et hautaine

7. *Grâce à la gentillesse de la bonne, Sophie se régale de crème et de :*
A. Pain de mie
B. Brioche
C. Pain bis

8. *Dans la forêt qui mène à la ferme, Sophie est attaquée par les loups :*
A. Parce qu'elle s'est attardée pour manger des fraises
B. Parce qu'elle ne peut marcher aussi vite que sa mère
C. Parce que sa mère n'a pas bien veillé sur elle

9. *Sophie a fabriqué de la crème en diluant :*
A. De la craie dans l'eau des fleurs
B. Du dentifrice dans de l'eau de javel
C. Du blanc à argenterie dans l'eau du chien

10. *Paul pense que l'écureuil est :*
A. Trop jeune pour vivre sans sa mère
B. Trop vieux pour s'habituer à rester enfermé
C. Trop sauvage pour vivre heureux dans une cage

Solutions page 217

Grands-mères et grands-pères

Avant d'aborder le récit des malheurs survenus à Sophie, la comtesse de Ségur a rédigé une sorte d'avant-propos (p. 9). Fermez votre livre pour répondre :

1. A qui la comtesse de Ségur dédie-t-elle ce livre ?

2. Quelle opinion les petits-enfants semblent-ils avoir de leur grand-mère ? Que répond-elle à cela et que veut-elle démontrer en écrivant ce livre ?

3. Pourquoi prend-elle Sophie en exemple ? Retrouvez, sans consulter le livre, les défauts de Sophie et leur contraire cités dans cette préface.

4. Vos grands-parents vous ont-ils, eux aussi, raconté des histoires comportant une « morale » ? Vous ont-ils fait ou vous font-ils des confidences sur des épisodes de leur vie passée, de leur jeunesse ou, plus généralement, de leur époque ? Confrontez les récits de ces épisodes avec ceux de vos camarades et essayez d'en tirer des conclusions sur le mode de vie et les mœurs de leur époque.

5. Comble de malheur pour l'héroïne de ce livre, elle porte un prénom (Sophie) qui signifie sagesse ! Vous retrouvez ce mot dans *philosophie*, qui signifie « qui aime la sagesse ». Nombreux sont les prénoms qui ont un sens. Par exemple, savez-vous ce que signifie :
- Philippe
- Eugène
- Dorothée
- Théophile

Solutions page 218

Les malheurs de la poupée
(p. 11-20)

1. Dans ce premier chapitre, Sophie fait subir bien des malheurs à sa poupée. Les voici, mais dans un ordre quelconque : remettez-les dans l'ordre du récit en les numérotant

A. Elle lui fait fondre les pieds en les baignant.
B. Elle lui brûle les cheveux en voulant les friser.
C. Elle la fait grimper à un arbre. La poupée tombe et se fracasse la tête.
D. Elle lui ôte toutes ses couleurs en la débarbouillant.
E. Elle la fait tomber en lui apprenant des tours de force.
F. Elle la rend aveugle en la mettant au soleil.

2. Si les poupées pouvaient parler, elles auraient sans doute beaucoup à se plaindre de leurs petites mamans. Imaginez que vous soyez la poupée de Sophie et que vous fassiez un discours pour semer la révolte chez les poupées en racontant toutes les bêtises de Sophie.

3. Les larmes ne servent vraiment à rien une fois que le mal est fait ! Sophie, d'ailleurs, ne pleure plus au moment qui pourrait être le plus triste, celui de la mort de la poupée. Mais auparavant, quel déluge ! Avez-vous remarqué que le récit de chaque bêtise se termine de la même manière ? Sophie pleura, mais la poupée resta... Imaginez d'autres bêtises qu'aurait pu faire Sophie, en terminant vos récits (d'une dizaine de lignes) par les phrases suivantes :
- « Sophie pleura, mais la poupée resta toute verte. »
- « Sophie pleura, mais la poupée resta poisseuse. »
- « Sophie pleura, mais la poupée resta défigurée. »
- « Sophie ne pleura pas, mais elle invita ses amies à venir voir sa nouvelle poupée. »

Sortez les mouchoirs !

(p. 17-20)

1. Relevez les mots et expressions qui expriment le caractère heureux de cet enterrement.

2. Quelle plante est associée à la cérémonie ? A quelle saison fleurit-elle et que symbolise précisément cette période de l'année ?
Nos traditions sont riches en personnages symboliques ou animaux que l'on brûle ou sacrifie dans la liesse. Pouvez-vous en donner un exemple ?

3. Définissez le sens des expressions suivantes puis utilisez celles-ci dans une brève histoire que vous inventerez sur un thème de votre choix :

A. Être mort et enterré
B. Enterrer tout le monde
C. Enterrer une histoire
D. Avoir une mine d'enterrement
E. Avoir un air de déterré
F. Déterrer la hache de guerre
G. Vouloir rentrer sous terre
H. Remuer ciel et terre

Solutions page 218

Comment construire un mur ?

(p. 20-25)

1. Sur l'illustration de la page 21, on voit les maçons construire un mur. Font-ils tous le même travail ? Où est la chaux ? Quels instruments utilisent-ils ?
Pour vous aider, voici leurs noms. A vous de les identifier sur l'illustration :

1. Une équerre - 2. Un mortier - 3. Deux truelles - 4. Un fil à plomb

Sauriez-vous dire à quoi servent ces instruments ?

2. La maçonnerie n'ayant plus de secret pour vous, expliquez comment on construit un mur, en décrivant ce que font les quatre maçons de l'illustration.

Quelle logique !
(p. 25-33)

Pour s'excuser d'avoir coupé en morceaux les petits poissons, Sophie explique à sa maman que cela ne les faisait
pas souffrir, *puisqu'*ils ne criaient pas. Quelle logique !
Relevez tous les passages du chapitre dans lesquels Sophie
expose des raisons qui ne sont guère sensées. Puis imaginez un dialogue au cours duquel vous lui démontrerez que
ses idées ne tiennent pas debout : le fait que les poissons
ne crient pas ne prouve pas qu'ils
sont insensibles à la douleur,
*puisqu'*ils ne peuvent pas
crier.

Une galerie de portraits

1. Relisez le portrait que l'auteur fait de Sophie. (p. 43) Il
y est question de sa figure, de ses yeux, son nez, sa bouche
et ses cheveux. Complétez ce portrait en trouvant deux
adjectifs pour qualifier :
- les mains
- les pieds
- les joues
- le menton

2. Bien que Paul ne soit pas le héros de ce livre, il joue
cependant un rôle important aux côtés de sa cousine :
faites son portrait physique de telle sorte que le personnage apparaisse en tout point différent de Sophie.

3. La bonne, quant à elle, considère que la maman de
Sophie est parfois trop sévère. (p. 56) Êtes-vous du même
avis ? Peut-on aller jusqu'à dire que cette mère se montre
même, parfois, cruelle ? impitoyable ? injuste ? dépourvue
de tendresse ? peu compréhensive ?
Réfléchissez à la psychologie de ce personnage, essayez de
cerner son caractère et dressez la liste de trois ou quatre
défauts et trois ou quatre qualités que vous lui trouvez.

4. Les pères ne sont que des personnages épisodiques mais leurs interventions sont loin d'être anodines.
- De quelle qualité M. de Réan fait-il preuve lorsqu'il demande grâce pour Sophie ? (p. 48)
- Comment qualifieriez-vous l'attitude de M. d'Aubert lorsqu'il offre à Sophie une paire de sourcils postiches ?

5. La bonne s'est montrée trop gentille envers Sophie, et voilà qu'elle est renvoyée ! C'est dommage pour elle, car elle aura peut-être des difficultés à trouver un autre travail. Écrivez à Mme de Réan pour la convaincre de reprendre sa bonne à son service. Votre lettre devra louer les vertus de la jeune fille (cherchez ces vertus) et présenter l'épisode de la crème sous l'angle d'un incident tout à fait exceptionnel.

Ayez l'œil sur l'écureuil
(p. 63-72)

C'est le conseil que l'on aurait pu donner à Sophie pour que l'écureuil ne lui échappe pas. Mais ayez aussi l'œil sur la terminaison des mots suivants qui peut être soit *euil*, soit *euille*, soit *ueil* ! A vous de choisir sans vous tromper :

1. Cerf...
2. F...
3. Bouvr...
4. D...

5. Org...
6. Faut...
7. Ec...
8. Acc...

D'accord ou pas d'accord ?

1. Sophie et Paul ont emprisonné dans une cage un écureuil que Sophie voudrait apprivoiser. Mais l'écureuil ne semble pas du tout d'accord... et sa captivité le conduira à la mort. Et vous, êtes-vous pour ou contre le fait d'apprivoiser des animaux sauvages, en leur donnant beaucoup d'affection mais en les privant de liberté ? Exposez votre point de vue en quelques lignes.

2. Voici un extrait de l'histoire du *Petit Prince*. Il rencontre dans le désert un joli renard.

LE PETIT PRINCE

« – Qui es-tu ? dit le Petit Prince. Tu es bien joli...

– Je suis un renard, dit le renard.

– Viens jouer avec moi, lui proposa le petit prince. Je suis tellement triste...

– Je ne puis pas jouer avec toi, dit le renard. Je ne suis pas apprivoisé.

– Ah ! pardon, fit le petit prince.

Mais, après réflexion, il ajouta :

– Qu'est-ce que signifie "apprivoiser" ? (...)

– C'est une chose trop oubliée, dit le renard. Ça signifie "créer des liens..."

– Créer des liens ?

– Bien sûr, dit le renard. Tu n'es encore pour moi qu'un petit garçon tout semblable à cent mille petits garçons. Et je n'ai pas besoin de toi. Et tu n'as pas besoin de moi non plus. Je ne suis pour toi qu'un renard semblable à cent mille renards. Mais, si tu m'apprivoises, nous aurons besoin l'un de l'autre. Tu seras pour moi unique au monde. Je serai pour toi unique au monde... »

Antoine de Saint-Exupéry,
Le Petit Prince,
© Gallimard

Le renard qui veut être apprivoisé a pu s'exprimer parce que Saint-Exupéry laisse parler les animaux. Mais la comtesse de Ségur, qui est aussi stricte que Mme de Réan, n'a pas donné cette possibilité à l'écureuil. Imaginez ce qu'il aurait pu dire à Sophie et à Paul dans un dialogue inspiré de celui de Saint-Exupéry.

Dix questions pour continuer
(p. 91-183)

Sophie a déjà accumulé un nombre impressionnant de malheurs, mais elle n'est pas encore au bout de ses peines ! Suivez-la bien dans cette succession de bêtises et répondez à ce questionnaire sans consulter votre livre. Puis reportez-vous à la page des solutions pour savoir si vous avez été attentif à tout ce que suggèrent ces malheurs en série.

1. *Dans le chapitre « La joue écorchée », Sophie n'est pas punie parce qu'elle a fait preuve :*
A. De courage
B. De franchise
C. De naïveté

2. *Pour Mme de Réan, l'orgueil, c'est :*
A. Se croire meilleur que l'on n'est
B. Se croire supérieur aux autres
C. Se vanter de ses qualités

3. *Pour expliquer la disparition des fruits confits, Sophie compte dire :*
A. Qu'un rat les a mangés
B. Qu'un voleur les a dérobés
C. Qu'elle les a donnés aux pauvres

4. *Sophie considère que l'obéissance est :*
A. Un signe de faiblesse
B. Une chose ennuyeuse
C. Une nécessité absurde

5. *Mme de Réan refuse de donner à Sophie la boîte à ouvrage parce que :*
A. Sophie ne l'a pas méritée
B. Elle est trop jeune
C. Elle en a déjà une

6. *Pour se procurer l'âne dont ils rêvent, Sophie et Paul envisagent :*
A. De demander tout de suite l'argent des étrennes
B. D'en faire la commande au Père Noël
C. D'attraper le premier âne qu'ils rencontreront

7. *Après l'incident provoqué par les ruades de l'âne, Paul conseille à Sophie :*
A. De ne rien dire à Mme de Réan
B. De dire toute la vérité
C. De dire que l'âne s'est emballé tout seul

8. *Pour rapporter le petit chat chez eux, Sophie et Paul suggèrent :*
A. De le mettre dans la poche du tablier de la bonne
B. D'aller chercher une corbeille à la maison
C. De le déposer dans un mouchoir

9. *Sophie veut faire prendre un bain à sa tortue :*
A. Pour voir si elle sait nager
B. Pour lui faire sa toilette
C. Parce qu'elle pense qu'elle aime l'eau

10. *Pour savoir ce que devient Sophie, il faut lire :*
A. « Les Petites Filles modèles »
B. « Les Vacances »
C. « Les Mémoires d'un âne »

Solutions page 219

Relations diplomatiques
(p. 103-116)

Sophie la curieuse, Sophie la gourmande, s'y est prise bien maladroitement pour obtenir qu'on ouvre la boîte de fruits confits tant convoitée.

1. A votre avis, quel est le moyen le plus efficace pour obtenir de ses parents, d'un professeur ou d'un camarade, ce que l'on désire :
A. Être très gentil pendant un certain temps
B. Pleurer des larmes de tragédien
C. Brandir des menaces
D. Jouer l'indifférence
E. Demander simplement
F. Faire du charme

2. De la même manière, si vos parents, un professeur ou votre grand frère vous fait des reproches ou vous réprimande, quelle sera votre réaction ?
A. Reconnaître vos torts et demander pardon
B. Claquer la porte
C. Bouder
D. Pleurer tout de suite
E. Faire votre plaidoyer
F. Rester de marbre

Dans les deux situations évoquées, vous n'oublierez pas de justifier vos choix ni de vanter les mérites de votre diplomatie dans un texte d'une dizaine de lignes.

Rêvons un peu...

Mme de Réan explique à Sophie son rêve : si l'on se laisse tenter par toutes les bonnes choses défendues, on devient de plus en plus mauvais et de plus en plus malheureux. Au contraire, si l'on y renonce, on devient de plus en plus doux, obéissant et heureux parce que l'on apprend à résister à ses désirs. Mais pourquoi faudrait-il que toutes les bonnes choses soient systématiquement défendues et que le bonheur se gagne à force de renoncer à se faire plaisir ?

1. Puisque Mme de Réan croit si fort aux rêves, racontez-lui un rêve de Sophie qui lui fasse comprendre :
- Que les enfants ne sont pas forcément et totalement mauvais et qu'ils ne désirent pas systématiquement ce qui est mal et défendu.
- Qu'en revanche, il suffit parfois qu'une chose soit défendue pour qu'ils en aient envie.

2. Si vous êtes très en colère contre Mme de Réan, qui semble chercher toutes les occasions de gronder Sophie, vous pouvez aussi imaginer pour elle un cauchemar dans lequel Sophie se venge des punitions qu'elle subit.

3. Imaginez que le bon ange de Sophie se soit trompé de chemin, et qu'il lui ait recommandé de le suivre dans le jardin du mal... Écrivez le rêve de Sophie à l'intérieur de ce jardin.

4. Si Sophie n'avait pas fait ce rêve, peut-être n'aurait-elle pas pleuré, ni éprouvé de remords, ni avoué sa faute à sa mère... Que se serait-il passé ? A vous de le raconter.

Au tour des parents !
(p. 116-133)

Ces deux chapitres sont du plus grand intérêt ! On y voit en effet M. de Réan faire à son tour une bêtise assez cruelle : il tue le chat. (p. 126) Enfin, Mme de Réan est prise en flagrant délit... de mensonge : elle a prétendu que la boîte à ouvrage lui était destinée, ce qui est faux. (p. 132)

AU FIL DU TEXTE

1. *L'énorme bêtise du père*
Relisez le chapitre intitulé « Le chat et le bouvreuil » et dites si, à votre avis, le père aurait pu éviter la mort du chat. De quelle façon ? Pourquoi n'a-t-il pas su l'éviter ?
- Pourquoi M. de Réan ne reçoit-il aucune punition alors que Sophie ne cesse d'être punie pour la moindre vétille ?
- Pourquoi ne se repent-il pas alors que l'on exige à chaque instant de Sophie qu'elle se repente et demande pardon ?
- M. de Réan n'a pas un mot d'excuse, il se contente de dire : « Je l'ai tué sans le vouloir », (p. 126) comme un enfant pourrait rétorquer : « Je ne l'ai pas fait exprès. » Mais en son for intérieur quels reproches M. de Réan pourrait-il s'adresser à lui-même ?
- Êtes-vous de l'avis de Sophie lorsqu'elle dit : « Pauvre Beau-Minon ! te voilà mort, et par ta faute » ? Justifiez votre accord ou votre désaccord en quelques lignes.

2. *Le gros mensonge de la mère*
Relisez le chapitre intitulé « La boîte à ouvrage » : si Mme de Réan n'avait pas menti, si elle avait d'emblée dit à Sophie que cette boîte était une « récompense pour huit jours de sagesse » qu'aurait-il pu se passer ?
- Si vous êtes convaincu que Sophie aurait tout de même dérobé la boîte aussitôt, expliquez pourquoi vous avez cette conviction.
- Si vous pensez, au contraire, que Sophie aurait pu décider d'être sage, et y parvenir, expliquez ce qui vous incite à envisager cette hypothèse.
- Que pensez-vous de la décision prise par Mme de Réan de donner finalement cette boîte à... la meilleure amie de Sophie ?

J'vous allons charcher le bourri...

(p. 133-155)

Mme de Réan n'aime pas que Paul et Sophie parlent comme Lambert et les gens de la campagne. Ils ne doivent pas dire « bourri », mais « âne ». Pourtant, de même que Sophie et Paul ne parlent pas vraiment comme des enfants de quatre et cinq ans, de même Lambert ne parle pas vraiment comme les gens de la campagne le faisaient autrefois.

Pour vous donner une idée de leur façon de parler, nous laissons la parole à un paysan de Molière, Pierrot, qui raconte à sa bonne amie comment il a sauvé de la noyade des inconnus :

DOM JUAN

« Aga, guien, Charlotte, je m'en vas te conter tout fin drait comme cela est venu. (...) Enfin donc j'étions sur le bord de la mar, moi et le gros Lucas, et je nous amusions à batifoler avec des mottes de tarres que je nous jesquions à la tête ; car, comme tu sais bian, le gros Lucas aime à batifoler, et moi par fouas je batifole itou. En batifolant donc, pisque batifoler y a, j'ai aperçu de tout loin queuque chose qui grouillait dans glieau, et qui venait comme envars nous par secousse. (...) Je les avons tirés de glieau et pis et les avons menés cheux nous. (...) Vlà justement, Charlotte, comme tout ça s'est fait. »

Molière,
Dom Juan, acte II, scène 1

En imitant le langage de Pierrot et celui des enfants de quatre ou cinq ans que vous avez entendus parler, réécrivez le dialogue des pages 142 et 143 (à partir de « T'es-tu bien amusée ? lui dit-il »).

Métamorphose d'un dialogue
(p. 175-179)

Le début de ce chapitre se présente sous la forme d'un dialogue. Remplacez celui-ci par un récit dans lequel vous rapporterez les informations contenues dans les répliques sous une forme narrative. Pour vous aider, voici le tout début du chapitre présenté sous cette forme :
« Sophie avait remarqué que depuis quelque temps sa tante, Mme d'Aubert, et sa maman se parlaient tout bas, en pleurant. Un jour, elle fit part à Paul de cette observation, qu'il avait faite lui-même de son côté. Mais il ignorait la raison de ces conversations à voix basse et de ces larmes. Pourtant il avait entendu sa maman dire à sa tante que ce serait terrible d'abandonner leurs parents, leurs amis, leur pays ; et sa tante avait répondu que ce serait d'autant plus terrible que l'Amérique est loin ! »

Les mystères de la fin

1. Pour savoir ce qu'est devenue Sophie, il va falloir lire *Les Petites Filles modèles,* et vous ne saurez rien du destin de Paul avant d'avoir lu *Les Vacances...* D'ici là, essayez d'imaginer en une quinzaine de lignes la suite des aventures de Sophie et de Paul. A votre avis, que va-t-il leur arriver sur le bateau ? Et en Amérique ?

2. *Les Malheurs de Sophie* sont aussi l'histoire d'une éducation. Mais on en ignore le résultat : on ne sait pas ce que, grâce à (ou à cause de) cette éducation, Sophie est devenue.
Imaginez quelle femme sera Sophie plus tard. Décrivez le caractère, les occupations de Sophie adulte. Puis racontez son histoire, les moments marquants de sa vie.

3. Il est fort probable que Sophie devienne mère un jour. A votre avis, comment élèvera-t-elle ses enfants ? L'éducation qu'elle a elle-même reçue l'incitera-t-elle à être plus indulgente ou au contraire plus sévère encore que sa mère ?

4. Si vous aviez une petite Sophie à élever, comment vous y prendriez-vous ? Quelle femme voudriez-vous qu'elle devienne ? Exposez en une dizaine de lignes l'éducation que vous donneriez à une petite fille comme Sophie, et dans quel but.

2
SUR L'ENSEMBLE DU TEXTE
Des châtiments variables

1. *Des punitions*
« Sans rien dire, elle prit Sophie et la fouetta comme elle ne l'avait jamais fouettée. » (p. 131)
Sophie a donc manifestement l'habitude de recevoir des coups de fouet. Mais c'est une petite fille du XIXe siècle, et l'éducation a bien changé depuis. Voici la liste des punitions que Mme de Réan inflige à sa fille. Recherchez les fautes auxquelles elles correspondent et imaginez les punitions que vos parents vous infligeraient si vous commettiez les mêmes fautes ; puis imaginez ce que vous, futur parent du XXIe siècle, vous feriez si votre enfant faisait une bêtise du même ordre :

A. Obligation de porter en collier les morceaux de l'abeille découpée (p. 42)
B. Interdiction de paraître à table (p. 48)
C. Obligation de ne plus manger que de la soupe au pain (p. 56)
D. Confiscation du joli ménage (p. 82)
E. Fouet (p. 131)

2. *Des fautes impunies*
Six fois, Sophie commet une faute, ou une bêtise pour laquelle sa mère ne la punit pas. Ce n'est pas que Mme de Réan soit prise d'accès d'indulgence ! Retrouvez, pour chacune de ces fautes la raison pour laquelle la mère ne punit pas :

- la chaux
- les petits poissons
- l'écureuil
- les loups
- la joue écorchée
- la tortue

Un cycle infernal

1. Si l'on en croit la comtesse de Ségur, Sophie a bien du mal à se débarrasser de ses défauts. Avez-vous noté la construction de chaque chapitre ? Quand elle ne nous présente pas, en début de chapitre, un nouveau défaut de Sophie, l'auteur en mentionne un précédemment signalé. Et Sophie recommence à faire des bêtises, elle est victime de ses bêtises, Mme de Réan la punit à nouveau ou lui fait la morale, Sophie se remet à pleurer, et la comtesse de Ségur nous répète que Sophie ne recommencera plus... mais ses malheurs n'en finissent pas !

A la manière de la comtesse de Ségur, imaginez un nouveau malheur de Sophie, en suivant l'enchaînement habituel :

1. Sophie a un défaut.
2. Ce défaut lui fait faire une bêtise.
3. Elle est victime de sa bêtise.
4. Sa maman la punit ou lui fait la morale.
5. La comtesse de Ségur nous assure que Sophie ne commettra plus cette sottise... et pourtant !

2. Et si l'on parlait un peu de vous ? Vous avez sans doute un défaut ou un péché mignon. Racontez avec verve les désagréments, plus ou moins graves, que cela a pu vous occasionner, en suivant le même enchaînement que ci-dessus.

La mort des bêtes

1. Dès que Sophie s'occupe d'animaux, on peut être sûr qu'ils ne vont pas vivre bien longtemps. Pourtant, ce n'est pas toujours entièrement sa faute : le hasard, la malchance et son entourage l'aident souvent.

De la mort de chacun des animaux suivants, dites si Sophie est :

A. Coupable - B. Coupable en partie - C. Non coupable

1. Les petits poissons
2. Le poulet noir
3. L'abeille
4. L'écureuil
5. Le chat
6. Le bouvreuil
7. L'âne
8. La tortue

2. Bien souvent, le cousin Paul est plus ou moins directement associé à la mort de certaines de ces bêtes. Cependant, il n'est jamais puni ! Est-ce bien équitable ? Examinez de plus près le rôle qu'il joue dans la mort de :
- l'écureuil
- l'âne
- la tortue

Puis dites si, dans chacun de ces cas, vous considérez qu'il est :
- un simple spectateur
- un complice discret
- un acteur principal

Justifiez votre point de vue en expliquant pourquoi vous estimez que Paul est spectateur et non complice et vice versa.

3
JEUX ET APPLICATIONS

Sophie en acrostiche

L'acrostiche est un jeu très ancien : initialement c'est un poème dans lequel la première lettre de chaque vers contribue à former un mot lu verticalement.

Mais le portrait-acrostiche est beaucoup plus simple : vous prenez par exemple le nom de SOPHIE, écrit verticalement : chacune des lettres devient alors l'initiale d'un adjectif la concernant et que vous devez trouver.

1. Dans un premier acrostiche, écrivez le plus rapidement possible les adjectifs qui vous viennent à l'esprit. Voici un exemple :

Sucrée
Orale
Punie
Hirsute
Imbattable
Epanouie

2. Puis augmentez la difficulté en faisant un acrostiche ne comprenant que des qualités, puis un autre ne comprenant que des défauts. Limitez votre temps de réflexion à trois minutes.

3. Si vous jouez à plusieurs, comparez vos acrostiches. Vous serez surpris par les possibilités infinies de l'imagination !

4. Opérez de la même manière pour PAUL, RÉAN et vous-même.

Résumons-nous

Faites un classement des défauts de Sophie (du plus gros au plus petit), de ses bêtises (de la plus grave à la plus anodine) et enfin des punitions (de la plus sévère à la plus légère). Puis comparez vos listes avec celles de vos camarades : avez-vous tous réalisé le même classement ?

Parlons chiffons

1. Les habits de la poupée de Sophie sont simples, mais jolis, et la poupée elle-même est ravissante. Pourriez-vous la dessiner ? Imaginez ensuite et dessinez la poupée qu'aurait reçue Sophie si elle avait vécu, non pas au XIXᵉ siècle, mais à notre époque.

2. Voici différentes sortes de chaussures. Pourriez-vous les identifier ? Pour vous aider, nous vous donnons leurs noms dans un ordre quelconque :
A. mocassin - B. brodequin - C. babouche - D. ballerine - E. espadrille - F. socque

Solutions page 219

Charades

1. Mon premier n'est pas laid.
Mon deuxième est sous la croûte.
Mon troisième permet de refuser.
Et mon tout est l'une des victimes de ce roman.

2. Mon premier est la première lettre de l'alphabet.
Mon deuxième est un adjectif possessif.
Mon troisième rigole.
Mon chien remue mon quatrième quand il est content.
Et mon tout est un continent.

3. Mon premier est un vieux cheval.
Mon deuxième est un signal sonore.
Mon troisième est un immense pays asiatique.
Et mon tout est le vrai nom de l'auteur des *Malheurs de Sophie*.

Solutions page 219

Mots d'âne

Voici des mots bien utiles lorsqu'on a comme Sophie un âne et une charrette. Même si vous n'avez ni l'un ni l'autre, essayez de les replacer dans cette grille à partir des définitions suivantes :

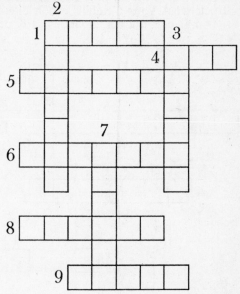

1. Lien qu'on met autour du cou des ânes pour les attacher ou les mener.
2. Fourrage répandu sur le sol des écuries pour que les ânes puissent y dormir.
3. Faire hi-han.
4. Sorte de selle que l'on met sur le dos des ânes pour le transport de leur charge.
5. Attacher la charrette à l'âne.
6. Nettoyer les poils de l'âne.
7. Lien de cuir qui permet de fixer la selle.
8. Instrument qui permet de nettoyer la crinière et la queue de l'âne.
9. Pièce de cuir que l'on met sur le dos de l'âne ou du cheval pour servir de siège au cavalier.

Maladies en série

Dans le dixième chapitre Sophie, qui a abusé de pain chaud et de crème fraîche, se retrouve bien vite alitée avec une migraine et un sérieux mal au cœur. Sans compter toutes les maladies d'enfants que Paul et elle-même ont déjà contractées ! A vous d'établir le bon diagnostic en trouvant les maladies qui correspondent aux définitions ci-contre :

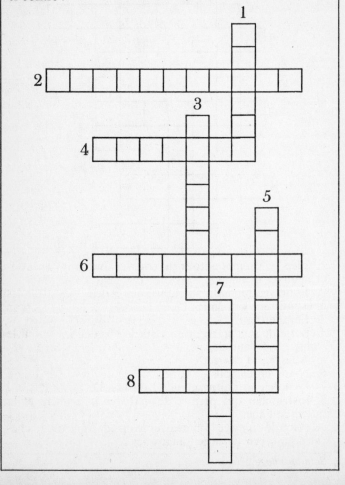

1. Celle de Sophie était espagnole. Mme de Réan l'avait aussi attrapée.

2. Voilà ce qui arrive quand on abuse de crème fraîche !

3. Des pois rouges sur fond blanc, vraiment peu décoratif !

4. Bénigne pour les enfants, elle peut être dangereuse pour les femmes enceintes.

5. Sophie et Paul en ont ressenti les violentes douleurs au niveau des tempes et à la base du nez. Mieux vaut alors éviter la piscine.

6. Pour atténuer la douleur, on s'attachait un grand chiffon sous le menton et on avait vraiment l'air d'un œuf de Pâques !

7. Encore des pois rouges avec une impression de rhume : yeux qui pleurent, nez qui coule.

8. Il en existe des rouges et des blanches... Cet hiver-là, Paul qui avait refusé de mettre son pull-over à col roulé s'est retrouvé avec 40° de fièvre !

Solutions page 220

Les vieux métiers

Vous avez sans doute consulté un dictionnaire pour connaître la définition du charron. (p. 140) C'est un métier qui se fait bien rare. Sauriez-vous, pour les métiers ci-dessous, trouver la définition exacte parmi les trois qui vous sont proposées ?

1. *Le sonneur*

A. Personnage qui sonnait les cloches des églises dans les villes et les villages.

B. Employé municipal, chargé autrefois de venir réveiller les gens à domicile, aux heures demandées.

C. Homme chargé de donner du son aux ânes pour les faire avancer.

2. *Le tuilier*
A. Mot provenant de l'argot « tuile » qui signifie accident, malchance. Personne de bon conseil que l'on venait consulter au village lorsqu'on se trouvait en difficulté.
B. Artisan ou ouvrier fabriquant des tuiles utilisées au XIXᵉ siècle pour couvrir les toits des habitations.
C. Petit métier dans la pâtisserie : le tuilier était chargé de la fabrication des fameuses tuiles aux amandes, ces petits fours secs, fort appréciés à l'époque.

3. *Le charlatan*
A. Dans les campagnes, conteur professionnel que les paysans invitaient à participer aux veillées des villages. Sa fonction était tout simplement de distraire son auditoire par des histoires.
B. Tailleur spécialisé dans la fabrication des costumes de tartan, étoffe de laine à bandes de couleur que portaient alors les montagnards d'Écosse.
C. Marchand ambulant qui vendait toutes sortes de drogues sur la place publique.

4. *Le toucheur de bœufs*
A. Il était chargé de convoyer les bœufs venant des campagnes en direction des grands marchés parisiens. Il les faisait avancer en les touchant d'un aiguillon.
B. Genre de vétérinaire que l'on appelait au chevet des ruminants malades et qui était capable, en palpant l'animal, d'identifier la nature de son mal.
C. Dans l'argot des musiciens de jazz, « bœuf » signifie « improvisation collective ». Aux origines du jazz, soit vers le milieu du XIXᵉ siècle, le toucheur de bœufs était le chef d'orchestre de ces petites formations.

5. *Le vitrier*
A. Personne chargée de vitrifier les parquets.
B. Par contraction de « vite, riez », désigne une sorte de clown qui se produit dans les foires.
C. Celui qui vend, découpe et pose les vitres.

6. *Le rémouleur*
A. Artisan ambulant qui aiguise ciseaux et couteaux.
B. Artisan qui moule à nouveau les statues abîmées.
C. Artisan charcutier spécialiste du céleri-rémoulade.

Solutions page 220

Les mots croisés de Paul

Sur le bateau qui les conduit en Amérique, Paul essaye de faire des mots croisés. Mais comme il est encore petit, il n'y arrive pas très bien. Soufflez-lui les réponses !

Horizontalement

I. Les vautours les emportent lorsqu'ils sont loin du poulailler.

II. Pronom indéfini.

III. Le poulet de Sophie en a une très jolie sur la tête.

IV. Adjectif possessif - Sophie en donne aux chevaux mais adore en manger.

V. Sophie aimerait bien le garder lorsqu'elle doit avouer ses bêtises.

VI. Avoir l'audace de faire quelque chose.

VII. Marque la négation - Division d'une pièce de théâtre.

Verticalement

1. Sophie le sale et le coupe vivant en morceaux.

2. Pronom indéfini - Absence de gêne.

3. Article défini.

4. Ratera.

5. Onomatopée qui correspond au bruit d'un coup de feu.

6. Les ânes en mangent.

7. Lieu de travail des acteurs de théâtre.

Solutions page 220

4
MALHEURS ET BÊTISES D'ENFANTS DANS LA LITTÉRATURE

Les Récrés du petit Nicolas

Le père de Nicolas a offert à son fils un faux nez en carton – un nez qui rappelle étrangement celui de l'oncle Eugène – et Nicolas n'a pas pu résister au désir de l'emmener en classe pour le faire admirer à ses camarades...

« En classe, la maîtresse a commencé à nous expliquer des histoires de quand la France était pleine de Gaulois. Alceste, qui est assis à côté de moi, m'a demandé si le nez de tonton Eugène était vraiment cassé. Je lui ai dit que non, qu'il était seulement un peu aplati au bout, et puis je l'ai sorti de ma poche pour voir si je pouvais l'arranger. Et ce qui est chouette, c'est qu'en poussant avec le doigt à l'intérieur, je suis arrivé à lui donner la forme qu'il avait avant. J'étais bien content.

– Mets-le, pour voir, m'a dit Alceste.

Alors, je me suis baissé sous le pupitre et j'ai mis le nez, Alceste a regardé et il a dit :

– Ça va, il est bien.

– Nicolas ! Répétez ce que je viens de dire ! a crié la maîtresse qui m'a fait très peur.

Je me suis levé d'un coup et j'avais bien envie de pleurer, parce que je ne savais pas ce qu'elle venait de dire, la maîtresse, et elle n'aime pas quand on ne l'écoute pas. La maîtresse m'a regardé en faisant des yeux ronds, comme le Bouillon.

– Mais... qu'est-ce que vous avez sur la figure ? elle m'a demandé.

– C'est le nez que m'a acheté mon papa ! j'ai expliqué en pleurant.

La maîtresse, elle s'est fâchée et elle s'est mise à crier, en disant qu'elle n'aimait pas les pitres et que si je continuais comme ça, je serais renvoyé de l'école et que je deviendrais un ignorant et que je serais la honte de mes parents. Et puis elle m'a dit : "Apportez-moi ce nez !"

Alors, moi, j'y suis allé en pleurant, j'ai mis le nez sur le bureau de la maîtresse et elle a dit qu'elle le confisquait, et puis elle m'a donné à conjuguer le verbe : Je ne dois pas apporter des nez en carton en classe d'histoire, dans le but de faire le pitre et de dissiper mes camarades. »

R. Goscinny et J.-J. Sempé,
Les Récrés du petit Nicolas,
© Denoël

La Patte du chat

Delphine et Marinette ne sont pas méchantes, mais leurs jeux ont parfois des conséquences qui ne sont pas du goût de leurs parents. Comment éviteront-elles la visite à la redoutable tante Mélina ?

« Au milieu de la table, il y avait un plat en faïence qui était dans la maison depuis cent ans et auquel les parents tenaient beaucoup. En courant, Delphine et Marinette empoignèrent un pied de la table, qu'elles soulevèrent sans y penser. Le plat en faïence glissa doucement et tomba sur le carrelage où il fit plusieurs morceaux. Le chat, toujours assis sur la fenêtre, ne tourna même pas la tête. Les petites ne pensaient plus à courir et avaient très chaud aux oreilles.

— Alphonse, il y a le plat de faïence qui vient de se casser. Qu'est-ce qu'on va faire ?

— Ramassez les débris et allez les jeter dans un fossé. Les parents ne s'apercevront peut-être de rien. Mais non, il est trop tard. Les voilà qui rentrent.

En voyant les morceaux du plat en faïence, les parents furent si en colère qu'ils se mirent à sauter comme des puces au travers de la cuisine.

— Malheureuses ! criaient-ils, un plat qui était dans la famille depuis cent ans ! Et vous l'avez mis en morceaux ! Vous n'en ferez jamais d'autres, deux monstres que vous êtes. Mais vous serez punies. Défense de jouer et au pain sec !

Jugeant la punition trop douce, les parents s'accordèrent un temps de réflexion et reprirent, en regardant les petites avec des sourires cruels :

— Non, pas de pain sec. Mais demain, s'il ne pleut pas... demain... ha ! ha ! ha ! demain, vous irez voir la tante Mélina !

Delphine et Marinette étaient devenues très pâles et joignaient les mains avec des yeux suppliants.

– Pas de prière qui tienne ! S'il ne pleut pas, vous irez chez la tante Mélina lui porter un pot de confiture.

La tante Mélina était une très vieille et très méchante femme, qui avait une bouche sans dents et un menton plein de barbe. Quand les petites allaient la voir dans son village, elle ne se lassait pas de les embrasser, ce qui n'était pas très agréable, à cause de la barbe, et elle en profitait pour les pincer et leur tirer les cheveux. Son plaisir était de les obliger à manger d'un pain et d'un fromage qu'elle avait mis à moisir en prévision de leur visite. En outre, la tante Mélina trouvait que ses deux petites nièces lui ressemblaient beaucoup et affirmait qu'avant la fin de l'année elles seraient devenues ses deux fidèles portraits, ce qui était effrayant à penser. »

Marcel Aymé,
*Les Contes rouges
du chat perché*,
© Gallimard

David Copperfield

C'est sous la coupe d'un beau-père inflexible (et de sa sœur, mademoiselle Murdstone) que David Copperfield commence une existence difficile dans l'Angleterre du XIXe siècle. Un beau-père qui n'hésite pas à mettre en application lui-même les méthodes d'éducation de l'époque.

« Je sentais les mots de mes leçons m'échapper, non pas un à un, ni ligne par ligne, mais par pages entières ; j'essayais de les rattraper, mais il me semblait, si je puis ainsi dire, qu'ils s'étaient mis des patins pour glisser loin de moi avec une vitesse impossible à ralentir.

Le commencement fut mauvais, la suite encore pire. J'étais justement arrivé avec l'idée que j'allais plutôt me distinguer, car je m'imaginais très bien préparé, mais il se trouva que c'était une erreur absolue. Chaque livre vint, l'un après l'autre, grossir la masse des échecs, tandis que mademoiselle Murdstone ne nous quittait pas des yeux. Enfin, quand nous arrivâmes aux cinq mille fromages (ce jour-là ce fut des cannes qu'on me fit multiplier, je m'en souviens), ma mère fondit en larmes.

– Clara ! dit mademoiselle Murdstone, de sa voix de rappel à l'ordre.

– Je ne suis pas très bien, je crois, ma chère Jane, dit ma mère.

Monsieur Murdstone jeta sur sa sœur un coup d'œil grave, tandis qu'il se levait et disait en prenant la canne :

– Non, Jane, nous ne pouvons guère nous attendre à ce que Clara supporte avec une fermeté parfaite la peine et le tourment que David lui a causés aujourd'hui. Ce serait du stoïcisme. Clara a fait de grands progrès en force de caractère, mais nous ne pouvons guère lui en demander autant. David, nous allons monter ensemble, mon garçon. (...)

Il me fit monter dans ma chambre, lentement et gravement. Je suis sûr qu'il était ravi de ce solennel appareil de justice exécutive et, quand nous fûmes entrés, il passa tout d'un coup ma tête sous son bras.

– Monsieur Murdstone ! Monsieur ! lui criai-je. Non ! Je vous en prie, ne me battez pas ! J'ai essayé d'apprendre, monsieur, mais je ne peux pas apprendre quand mademoiselle Murdstone et vous vous êtes là. Vraiment, je ne peux pas !

– Ah ! vraiment, vous ne pouvez pas, David ? Nous allons voir cela.

Il tenait ma tête comme dans un étau, mais je m'entortillai autour de lui, je ne sais comment, en le suppliant de ne pas me battre et je l'arrêtai un instant. Ce ne fut que pour un instant, car il me cingla cruellement la minute d'après, et, au même moment, je saisis entre mes dents la main qui me retenait, et je la mordis au sang. Je grince encore des dents rien qu'à y penser. »

Charles Dickens,
David Copperfield,
traduction de Pierre Leyris,
© Gallimard

Tristan la Teigne

Tristan, dit la Teigne, se fait passer pour dur d'oreille, ce qui lui donne l'occasion de nombreuses bêtises et lui attire même – c'est le comble ! – la compassion de son entourage. Mais il finira par tomber sur plus sourd que lui.

« Mardi, Tristan devait aller chez le dentiste qui voulait lui arracher une dent.

– Prends ton manteau ! dit sa maman qui devait le conduire à l'autobus.

Tristan disparut. Elle le chercha pendant deux heures et finit par le retrouver dans un coin du grenier avec sa boîte de peinture. Maman était très en colère, parce que l'heure du dentiste était passée, elle commença à gronder Tristan.

— Oh, pardon maman, j'ai cru que tu me disais : "Peins ton matou", dit Tristan la Teigne.

Et la maman eut beaucoup de chagrin pour son petit garçon qui entendait si mal (...)

Le samedi, Tristan la Teigne alla jouer dans les bois. Ses parents lui avaient dit : "Rentre à six heures".

— Mmmm, se dit Tristan, je crois bien les avoir entendu dire "dix heures".

Et il resta dehors terriblement tard. Si tard qu'il finit par s'endormir sous un arbre. Et voilà que de drôles de choses lui arrivèrent. Les arbres se mirent à bouger et à changer de couleur. Des bêtes bizarres sortirent de terre et Tristan la Teigne ne savait plus s'il dormait ou s'il était éveillé. Et puis un drôle de petit bonhomme arrive en sautillant sur le sentier. Le petit bonhomme n'avait pas l'air méchant et parlait d'une toute petite voix aiguë.

— Bonsoir, dit-il, bienvenue dans le Pays de la Nuit. C'est moi le gardien.

Il regarda dans un petit livre tout rouge.

— Mmmm, tu t'appelles Tristan, c'est bien ça ? Allez, fais un vœu, tu peux me demander tout ce que tu voudras !

Le petit bonhomme avait l'air terriblement pressé et parlait à toute vitesse. Tristan la Teigne était si surpris qu'il ne trouvait aucun vœu. Le petit bonhomme se mit à sauter d'un pied sur l'autre.

— Allez, allez, mon petit, vite, je n'ai pas de temps à perdre !

Il ne fallait pas laisser échapper une occasion pareille, et Tristan dit la première chose qui lui passa par la tête.

— Heu... je veux un trône en or !

Il y eut un nuage de fumée de toutes les couleurs comme un arc-en-ciel, et voilà que Tristan se retrouva avec un gros nez d'or. Il était si grand qu'il n'avait pas besoin de miroir pour le voir, et il était terriblement lourd. Le petit bonhomme écouta pleurnicher Tristan.

— Oh, pardon ! lui dit-il, j'ai mal entendu. »

Tony Ross,
Tristan la Teigne,
traduction de J.-P. Carasse.
© Le Seuil

5
SOLUTIONS DES JEUX

Êtes-vous sage
comme une image ?
(p. 187)

Si vous obtenez une majorité de ○ **:** êtes-vous sûr d'avoir répondu de manière sincère aux questions ? Si c'est le cas, vous êtes un cas ! Depuis Paul, on n'avait jamais vu d'enfant aussi sage et aussi obéissant. Notre conseil : autorisez-vous une bêtise de temps à autre, pour mettre un peu de fantaisie dans votre vie.

Si vous obtenez une majorité de □ **:** on pourrait vous qualifier de sage, mais votre sagesse ne va pas jusqu'au renoncement total aux bêtises, petites ou plus conséquentes. Vous avez sans doute fait votre devise de ces vers de Molière « La parfaite raison fuit toute extrémité / Et veut que l'on soit sage avec sobriété. »

Si vous obtenez une majorité de △ **:** on ne peut pas dire que vous soyez vraiment sage mais peut-être préparez-vous, par vos bêtises d'aujourd'hui, votre sagesse de demain ? C'est en tout cas l'opinion exprimée par Jean-Jacques Rousseau lorsqu'il déclare à l'intention des parents : « Vous ne parviendrez jamais à faire des sages si vous ne faites d'abord des polissons. »

Dix questions pour commencer
(p. 189)

1 : B (p. 12) - 2 : A (p. 12) - 3 : C (p. 25) - 4 : B (p. 37) - 5 : C (p. 40) - 6 : A (p. 46) - 7 : C (p. 58) - 8 : A (p. 85) - 9 : C (p. 81) - 10 : B (p. 70)

Si vous obtenez plus de 8 bonnes réponses : félicitations ! Vous êtes un excellent lecteur, attentif et curieux de tout. La comtesse de Ségur serait ravie de vous compter parmi son public, et si Mme de Réan vous avait connu, elle vous aurait sûrement cité en exemple.

Si vous obtenez entre 5 et 8 bonnes réponses : vous êtes un assez bon lecteur, mais la comtesse de Ségur regrette vos étourderies. Relisez certains passages et soyez un peu plus attentif par la suite.

Si vous obtenez moins de 5 bonnes réponses : vous vous contentez d'une lecture rapide, hâtive, au point que vous oubliez au fur et à mesure ce que vous lisez. Il est encore temps de vous plonger plus totalement dans ce livre : votre plaisir en sera accru.

Grands-mères et grands-pères
(p. 190)

- Philippe : signifie « qui aime les chevaux » (du grec *hippos* : le cheval, et *philein* : aimer)
- Eugène : signifie « bien né » (du grec *eu* : bien, et *génos* : naissance)
- Dorothée : signifie « don de dieu » (du grec *doron* : le don et *théos* : dieu) tout comme Théodore
- Théophile : signifie donc « qui aime dieu » et vous retrouvez les racines grecques de *Phil*ippe et de Doro*thée*.

Les malheurs de la poupée
(p. 191)

L'ordre chronologique des malheurs de la poupée est le suivant :

1 : F (p. 14) - 2 : D (p. 16) - 3 : B (p. 16) - 4 : E (p. 16) - 5 : A (p. 17) - 6 : C (p. 17)

Sortez les mouchoirs !
(p. 192)

2. Le lilas fleurit au printemps (avril, mai), une saison heureuse qui symbolise le renouveau de la nature et de la vie.

La tradition veut par exemple que, dans certaines régions de France, on brûle le bonhomme Carnaval (mannequin de paille), pour célébrer notamment la fin de l'hiver et la venue prochaine du printemps.

Ayez l'œil sur l'écureuil
(p. 194)

Les mots s'écrivent de la façon suivante :

1 : Cerfeuil - 2 : feuille - 3 : bouvreuil - 4 : deuil - 5 : orgueil - 6 : fauteuil - 7 : écueil - 8 : accueil

Dix questions pour continuer
(p. 196)

1 : B (p. 98) - 2 : A (p. 102) - 3 : A (p. 108) - 4 : B (p. 162) - 5 : B (p. 128) - 6 : A (p. 136) - 7 : B (p. 149) - 8 : C (p. 118) - 9 : C (p. 170) - 10 : A (p. 183)

Si vous obtenez plus de 8 bonnes réponses : madame la comtesse est très honorée de pouvoir vous compter parmi ses lecteurs les plus attentifs, ceux qu'elle considère comme des enfants modèles.

Si vous obtenez entre 5 et 8 bonnes réponses : nous sommes désolés, mais madame la comtesse est extrêmement exigeante à l'égard de ses lecteurs : elle ne pourra pas vous recevoir avant que vous n'ayez relu son roman !

Si vous obtenez moins de 5 bonnes réponses : la susceptibilité de la comtesse de Ségur nous fait craindre le pire pour vous. Relisez les chapitres dont vous ne vous souvenez pas très bien, avant qu'elle n'envoie chez vous madame de Réan munie de son fouet !

Parlons chiffons
(p. 206)

A : 1 - B : 5 - C : 3 - D : 6 - E : 2 - F : 4

Charades
(p. 206)

1. Beau-Minon
2. Amérique
3. Rostopchine

Mots d'âne
(p. 207)

1. Licou
2. Litière
3. Braire
4. Bât
5. Atteler
6. Brosser
7. Sangle
8. Peigne
9. Selle

Maladies en série
(p. 208)

1 : Grippe - 2 : Indigestion - 3 : Rougeole - 4 : Rubéole -
5 : Sinusite - 6 : Oreillons - 7 : Variole - 8 : Angine

Les vieux métiers
(p. 209)

1 : A - 2 : B - 3 : C - 4 : A - 5 : C - 6 : A

Les mots croisés de Paul
(p. 211)

	1	2	3	4	5	6	7
I	P	O	U	L	E	T	S
II	O	N		O			C
III	I		H	U	P	P	E
IV	S	A		P	A	I	N
V	S	I	L	E	N	C	E
VI	O	S	E	R		O	
VII	N	E		A	C	T	E

Du même auteur
dans la collection FOLIO **JUNIOR**